當代詩大系

6

華

滋

集

汪洪生 著

博客思出版社

舒 筆寫意，聊為序言

時值芳春，萬類華滋。舒筆寫意，聊為序言，不當之處，敬請海涵。

寫詩不難，改詩亦易，定稿卻難；初以為尚可，再閱之欠缺，三審之則不免深為慚愧矣；此余實踐之體會。

近體詩、詞及散曲皆有定法可則，唯新詩百年來未入正路，良可嗟惜。余學也不敏，懷志頗殷，欲辟新詩之新格局新境界，努力實踐，哦詩已逾萬首，今從近萬首之詩歌習作中，反復汰選，集為一冊，奉為作業，是為《華滋集》之由來也。頗不成熟，敬請海內方家及學者、讀者有以教我，則余感沛不盡矣。

數年來余浸淫於歷朝歷代之詩詞曲作品集，閱讀既多，感悟良深。先賢精神氣節、文雅情操，深可敬佩，唯思想性略顯不足，此不唯時代性之局限，亦歷代統治者思想控制之嚴密、文字獄廣興之遺禍也。詩為人性靈之鼓蕩，不唯負載美，而且當契於道，弘揚正氣也，氣骨體質未可輕也。

寫詩是創造性的工作，一需靈感，二貴激情，平實呆板是為大忌。一人一種風格，各自均有局限，突破實屬不易，恒進難能可貴，唯奮發者始可為。天行健，君子以自強不息，此余之秉持及寫照也。詩品即人品，皆含缺點、錯誤及不足，永不會達至圓滿之境地，未可自恃，是以謙和為立身之本，向上是人生基調，此余之所堅持且實踐者也。

《華滋集》是為習作，難免諸多弊病，作者在此再三籲請讀者朋友們不吝賜教，此余真切真實之願望也。短章以序，不復贅語。

汪洪生二零一四年春序於江蘇省之濱海縣

目錄

第一卷《青蒼集》

我 說

我追求浪漫的愛情，
好像蛾兒撲火一樣。
雖然命運沉重蒼涼，
使我不能盡情高翔。

但我不放棄心中夢想，
極力發揮生命的張揚。
有時我會高歌猛唱，
豪放恰似七月風狂。

有時化作淺吟低唱，
純真情感涓涓流淌。
猶如小溪繞過山澗，
去向未名遠鄉他方。

任憑前路雨大風狂，
或是平靜淡泊安詳。
我將始終一如既往，
堅持理想絕不放浪。

給 我未來的愛人

如果你是蝴蝶，
我願共你翩翩。
如果你是花兒，
我願作個園丁。
但我更嚮往的，
是在你的花叢，
翻飛我思想的靈動，
在生命的每一秒鐘。

如果你是白雲，
我願伴你清風。
如果你是藍天，
我願化作彩虹。
但我最渴望的，
是在你的夢中，
作你最忠實的情人，
從相遇的第一秒鐘。

是 不是我該安靜地走開

是不是我該安靜地走開？
悄悄消失於人群之海。
是不是我該安靜地走開？
聽論別人擁你在心懷。

是不是我該安靜地走開？
繼續跋涉在人生之海。
是不是我該安靜地走開？
好似浮塵飄泊於世界。

是不是我該安靜地走開？
揚帆遠行於愛情之海。
是不是我該安靜地走開？
一任心境放飛在塵埃。

是不是我該安靜地走開？
悄悄珍藏你在我心海。
是不是我該安靜地走開？
苦痛淚水滴落於胸懷。

是不是我該安靜地走開？
猶如輕風消逝於雲海。

是不是我該安靜地走開？
獨自追尋理想之境界。

是不是我該安靜地走開？
任從心痛沉重如大海。
是不是我該安靜地走開？
從此分隔只余下悲哀。

是不是我該安靜地走開？
悄悄消失於人群之海。
是不是我該安靜地走開？
從此不留下一點塵埃。

是不是我該安靜地走開？
只好夢中擁你在心懷。
是不是我該安靜地走開？
聽論錯誤發生與存在。

是不是我該安靜地走開？
任憑淚水滂沱似大海。
是不是我該安靜地走開？
俯首聽從命運之安排。

是不是我該安靜地走開？
閉嘴才是最好之狀態。
是不是我該安靜地走開？

但憑黑夜降臨於世界。

是不是我該安靜地走開？
孤獨是我人生之存在。
是不是我該安靜地走開？
乘風飛行於理想之海。

是不是我該安靜地走開？
放下包袱才行得輕快。
是不是我該安靜地走開？
展翅追尋理想之世界。

是不是我該安靜地走開？
淡泊才是合理之取裁。
是不是我該安靜地走開？
奮鬥終成人生之精彩。

是不是我該安靜地走開？
就讓生活開始於現在。
是不是我該安靜地走開？
迎接人生輝煌之境界。

是不是我該安靜地走開？
悄悄登上前行之車載。
是不是我該安靜地走開？
就讓沉默先保持狀態。

是不是我該安靜地走開？
紅日終升東方之視界。
是不是我該安靜地走開？
好似雲彩飄泊於世界。

是不是我該安靜地走開？
隱痛確是不朽之存在。
是不是我該安靜地走開？
就像風兒吹過於雲海。

是不是我該安靜地走開？
任憑心事降落在塵埃。
是不是我該安靜地走開？
悄悄消失於人流之海。

告 白

飄逸是雲的風采，
灑脫才活出自在。
人生應多姿多彩，
活著須追求愉快。

生命中無須徘徊，
也不用什麼等待。
飛行是風的精彩，
運動才表現存在。

用不著什麼苦捱，
輕鬆是本真狀態。
最羨慕風中雲彩，
灑脫中活出境界。

一 自雲霞往東飛

一自雲霞往東飛，
心事堪沉醉。
歲月匆匆倩問誰，
付與流水。

獨自把酒慰東籬，
詩興逐雲飛。
任憑人生似川水，
且對斜暉。

年過不惑近秋歲，
仰看白雲飛。
榮辱自是身外事，
無須回味。

早晚晨昏伴書睡，
心香令人醉。
休言此際不銷魂，
應有神會。

寫 詩心得

一氣流轉，回環清越。
起承轉合，吞吐蕩滌。
山窮水覆，明暗相疊。
或上高天，瞬轉深裂。
反覆震盪，未可老即。
留有余地，供人遐及。
嘎然而止，余音歷歷。
又似浮雲，飄逸無跡。
猶若風起，狂飆天立。
或似和煦，溫潤襲襲。
詩道無窮，不可盡閱。
用之在心，處之歷歷。
詩有道體，感之彌烈。
讀者有心，詳加參閱。
付諸實踐，用心體歷。
總結經驗，必須親及。
吾今言此，付君參襲。
妙道無窮，只言一碟。

秋 陽實在是好

秋陽實在是好，
心境淡然奇妙。
周日閑來事少，
清心把詩去找。

山高水深何懼？
路長道遠渺渺。
詩道實在微妙，
盡心盡意創造。

譬若無跡尋找，
有時初露夕照。
藍天長空之上，
風吹雲帆在飄。

我心隨雲飄渺，
境界無法言道。
如在長天風曉，
清涼世界訪造。

詩道合乎人道，
人道體現天道。
天道言之不盡，
吾亦未能盡曉。

大道無跡無形，
運行實在奇妙。
汝欲刻意尋找，
實屬自尋煩惱。

常在無意之間，
瞥見微微一紗。
即此崢嶸顯露，
如同夕陽晚照。

猛然霎那之間，
驚醒心靈知曉。
更在微妙時刻，
展現大道神妙。

天道微微茫茫，
遍地尋找不到。
內心自我發掘，
有時觀察得到。

人本生自宇宙，
洞見世界神妙。
陰陽從中調和，
大小周天奇妙。

欲尋詩歌大道，
必先通乎人道。

人道彰顯天道，
此處實在微妙。

心體必須中正，
詩歌應能體道。
休言寫詩事小，
萬言亦難明瞭。

須知大道純正，
詩道通於天道。
務必有益身心，
切莫廢話滔滔。

寫詩實在奇妙，
詩道難以盡曉。
我願與君切磋，
共同求取詩道。

第四卷《從容集》

此 際朝霞正紅燒　　霜 降過後天微寒

此際朝霞正紅燒，
心情十分好。
秋深容我開懷笑，
放飛我逍遙。

歲晚才知人生老，
白髮兩鬢飄。
青春心態未服老，
雄心依然瀟。

人生大道萬千條，
征途正迢迢。
千山萬水行過了，
方知人生好。

吾今對汝言未了，
一時難言道。
人生百感心頭繞，
惟有天知曉。

霜降過後天微寒，
推窗知分曉。
夜來夢多意興闌，
鉤月斜空照。

長髮浩思秋深了，
此際靜悄悄。
吾生老矣白髮飄，
佇立歎年少。

當年激情曾高渺，
心態比雲高。
而今沉潛人生道，
夕陽或晚照。

時在五更天近曉，
秋蛩知多少？
淡泊人生且從容，
許我慢慢道。

不惑歲月知天命，
天命難言道。
人生行跡滄桑飽，
過來人諳曉。

9

心事浩緲倩誰曉？
秋風或知道？
也許秋蟲知二分，
此時正鳴叫。

遍告不得中心饒，
人生知音少。
長行萬里風雲道，
何妨迎落照？

秋深夜靜黑當道，
路燈僅沿道。
曠野深處有人叫，
天近東方曉。

此際斜月東方照，
迎接晨星到。
黑夜漫漫終將了，
一輪紅日照。

時當夜深黑未了，
窗外風瀟瀟。
晨起誰把落葉掃？
迎接白日到。

秋深感言知多少？
漫漫長安道。

時近冬令將來了，
白雪或飄飄？

滿頭白髮如雪飄，
人生終將老。
笑對朔風吾言道，
即將返年少！

休言此語太狂傲，
人老心不老！
秋風瀟瀟吹勁草，
鶴髮童年少。

吾心純潔稱高妙，
世人知多少？
即便雪滿邯鄲道，
騎驢也逍遙。

對秋發言讓風曉，
黃花開正俏。
晚秋時節正真好，
余心且高蹈。

夜靜時刻稱為妙，
神思飛來巧。
落筆千言竟成了，
文章錦繡造。

萬語千言終有了，
滄桑言不了。
何妨暫且待後道，
下回繼分曉。

人生如同書一場，
回回有高潮。
對此吾亦未盡曉，
尚容求深造。

求學如同秉燭行，
夜黑紅燈照。
即便老眼昏花了，
行路也輕巧。

吾生近老未服老，
夕陽尤其妙。
朝陽夕陽俱太陽，
萬丈光芒照。

吾生何敢多言老，
五十尚未到。
即便六十又如何，
漫漫人生道。

人生本是一戰場，
勝負誰分曉？

勝敗應是尋常事，
秋風掩過了。

從古至今知多少，
英雄豪傑曉？
而今只余空姓名，
長為人談了。

世事蒼茫秋風蕭，
盡把世情掃。
落葉滿地倩誰掃，
誰來收拾了！

世事又如一盤棋，
勝負難言道。
下過之後或知了，
人事是擾擾。

五更蟲吟甚輕巧，
聽來稱其妙。
歲月如流匆匆過，
轉眼白髮飄。

即此擱筆言過了，
雁過痕應消。
一篇閒話說分曉，
惟有天知道。

須知道也甚難道，
不道又想道。
且待天明紅日照，
世事繼分曉。

人生人世歌一曲，
千年竟過了。
發此浩歎亦無益，
何妨少言道。

展望明日心態瀟，
大鵬長天嘯。
須知蒼松經霜傲，
楓葉更紅了。

壯志老來猶懷抱，
激情尚未了！
擊水三千待後造，
休言誰輸了！

人生自應不服老，
前程尚未了！
即便晚霞迎落照，
更比朝陽妙！

時維五更天近曉，
浩歌付君曉。

歲在九月二十六，
霜降剛過了。

天冷人群不起早，
路上行人少。
老夫一篇今競了，
秋蟲知蕭騷。

其實騷也不算騷，
焉能比離騷？
人生何妨發牢騷，
能保心態好。

心態平衡最重要，
身心俏又俏。
人生應是不服老，
敬君老來俏！

第五卷《蒼蘭集》

人 生難得是輕鬆

人生難得是輕鬆，
心事重且濃。
暮煙起處飛朦朧，
長嗟倩誰同？

我心鼓蕩萬千重，
風雷長震動。
願起狂飆呼大風，
時代正不同。

壯歲激情懷滿胸，
心中詩洶湧。
吐出胸襟自不同，
造化非作弄。

春來早寒陰正濃，
梅枝已登紅。
歲月紛飛且從容，
獨自化長風。

近來心事頗濃重，
書出真心胸。
生塵只是若水湧，
英雄時勢鐘。

悲歌一發不由衷，
回首淚幾重？
天際飛鳥正無蹤，
心跡不言中。

願寄長風行萬里，
沐浴風雨中。
君看山巔有勁松，
更入雲煙聳。

寫詩非是傷心事，
快哉吐襟雄。
丈夫意氣自豪壯，
古今幾人同？

而今婉轉有情鐘，
長望春潮湧。
生機勃發萬物萌，
天地正氣充。

長攬兩鬢深嘆惜，
歲月正匆匆。
年輪輾過傷重重，
額上愁深種。

君子深憂天下事，
本是多情種。

黎民百姓心中念，
更入詩篇中。

不覺華髮兩鬢蒼，
轉感心潮湧。
休言老驥須伏櫪，
春來氣態雄。

寫詩萬言亦難盡，
正氣當歌頌。
人生短暫復何妨，
步履且從容。

放歌一曲天地動，
文章造化鐘。
平淡度日早晚中，
讀書諷復誦。

吾生何懼老將至？
一任歲月湧。
惜時如金須記取，
天意憐英雄。

書籍應是平生寶，
甘作詩中翁。
吐出心香萬千重，
詩意深重濃。

第六卷《綠竹集》

天色陰來何足懼，
陽和待時萌。
早春二月正當時，
生意正洶湧。

一篇作罷意猶雄，
壯志勢若虹。
貧賤何損我心胸？
時勢造英雄。

人生苦短何必歎？
生死天意中。
一生事業何須論？
盡付雲與風。

坐定身心未隨風，
仰看雲飛湧。
甘受霜寒風擊苦，
春來花發中。

心 斑斕情斑斕

心斑斕情斑斕，
雲去又復還。
年循環月循環，
青春去不返。

東風吹早春寒，
天陰晴不難。
人佇立長望淡，
天際雲煙泛。

心轉思情翻瀾，
恰似揚雲帆。
更何況心未安，
有淚獨潸潸。

無限恨拋又還，
人生惟平凡。
情海苦何處岸？
書海長揚帆。

不必言未許翻，
舊有赴煙嵐。
更應許望前看，

鵬翅天外扇。

我心苦共誰談？
獨自莫憑欄。
暮煙重黃昏暗，
情放萬里山。

兩鬢斑行路難，
生塵似攀山。
何處有桃花灘？
許我步輕安。

言不盡談也難，
前路正漫漫。
二月風長吹還，
人生付浩歎。

心 境也應安詳

心境也應安詳，
人生須要定當。
此際東風正來揚，
長慰我心腸。

春來激情高漲，
更對陽光暢想。
和暖午時寫詩暢，
筆下流水淌。

高歌不必嘹亮，
何須遏住雲漲？
天地正氣正昂揚，
九九今收場。

妙曼展翅飛翔，
思想最應奔放。
突破時空自來往，
身心顯剛強。

無話說則嫌長，
情短不必言講。
默默靜坐用心想，

人生向何方？

前路刀山敢闖，
火海又有何妨？
熱血澆灑鋪路長，
雲天任我翔。

即此打斷無妨，
心聲吐出為上。
人生處處妙境揚，
恒應欣與賞。

二月春光妙揚，
柳枝碧綠吐芳。
冬去春來喜洋洋，
播種待春忙。

人 生最貴激情

人生最貴激情，
生命長須運行。
高歌一聲遏雲停，
瀟瀟是胸襟。

窗外雨聲正鳴，
風來也自經營。
何妨迎風長清心？
一時也雅靜。

回首也曾傷心，
長望晨雨正行。
會展鵬程萬里雲，
春來深用情。

心事言之不盡，
濃濃長似香茗。
時時舒展我身心，
長伴風雨行。

濃 妝豔抹不敢

濃妝豔抹不敢，
清新打扮好看。
寫詩貴在用心談，
真情把人感。

直說有時不妨，
婉轉卻更模範。
高亢低揚都為善，
遐想飛雲漢。

盡心盡意高喊，
雄渾直度重關。
有時卻像水漫漫，
長轉碧溪彎。

雅淨應是清淡，
俏麗有時也敢。
並非都如關東漢，
越女真浪漫。

意境儘管翻瀾，
身心反映不難。
寫詩貴在有內涵，

要言須不繁。

寫詩怎可閉關？
世界人生須談。
章法由我任意彈，
三萬六千法。

激情飛越重山，
精靈高聲叫喊。
迸湧好似泉水般，
詩人是癡漢。

寫詩真是不難，
雅興曠意長翻。
但是要做詩人難，
高入青藏山。

垂 柳傷心碧

垂柳傷心碧，
紅日水映及。
公園音樂緩緩閱，
散步心不急。

晨風吹來悦，
紅梅開歷歷。
路旁翠柏待檢閱，
鳥囀不濺血。

曲徑繞水曆，
小橋跨水越。
水光天色共一律，
魚兒跳得急。

不惑早已越，
天命尚未及。
身心鼓蕩有碧血，
何妨鬢初雪？

雄關真如鐵，
漫步千山越。
青春已逝未覺惜，

飽經風雲歷。

春來心興悦，
壯志猶堪閱。
長望晨靄是歷歷，
健步歸來急。

多言或不必，
心身似水碧。
長放浪漫人生越，
風雨任其急。

雄心真激烈，
沸騰高難及。
小小寰宇清輕越，
灑落春雨碧。

高歌空激越，
低吟心興悦。
晨起一篇待君閱，
身心稍體曆。

即此與君別，
前路共君辟。
人生貴在奮與越，
揮灑是碧血。

晨 鳥長歌唱

晨鳥長歌唱，
引我心飛翔。
暢想人生並理想，
一時心歡暢。

春來早嚮往，
冬去真快暢。
我看紅梅正開放，
碧柳垂波上。

紅日映水上，
白雲行徜徉。
水光天色真明亮，
晨靄微微放。

早起心歡暢，
晨練未匆忙。
健步如飛行得暢，
十里轉眼間。

公園風正揚，
音樂緩緩放。
青磚路上清而爽，

引我心暢揚。

老柳真清揚，
新碧驚心腸。
路旁小草最清爽，
無名自含芳。

二月春光揚，
處處生機昂。
人生似此須細想，
要在奮與揚。

前路盡其長，
更要向前闖。
東君已來把福降，
春種秋收忙。

晨 起紅霞靚

晨起紅霞靚，
月映水中央。
柳煙淡籠鳥清唱，
水氣接天長。

草野新綻芳，
人行其中唱。
春來萬物是生長，
生機遍地揚。

詩有萬千行，
情卻向誰唱？
跨過小橋是轉廊，
竹叢迎風向。

天高地又蒼，
紅日升東方。
散步真清我心腸，
回家譜詩行。

柳 浪迎風揚

柳浪迎風揚，
開我新思想。
占盡風流是春光，
碧野新綻芳。

散步徜復徉，
心境舒而暢。
人生貴在有思想，
此時心轉涼。

天地空交響，
知音誰人向？
清風吹來是涼爽，
心襟瀟復蒼。

不必多衡量，
且自把歌唱。
人生能有幾回長？
升起是朝陽。

山高水復長，
前路勿彷徨。
奮鬥當展鵬翅翔，

萬里是等閒。

高歌遏雲響，
流雲自在翔。
飛鶴沖天非平常，
只向松枝翔。

飛瀑驚天響，
三疊也回腸。
人生多是逆旅航，
曲折又何妨？

黃河掀濁浪，
長江只東航。
世界潮流自浩蕩，
順之者為昌。

不必多言講，
人心有衡量。
英雄合時奏高唱，
天地驚相向。

高歌自不妨，
低吟也堪賞。
人生自應放歌唱，
生命意義揚。

心 高入雲漢

心高入雲漢，
更與風暢談。
人世只好尋常看，
名利且滾蛋。

春風真妙曼，
老柳把水蘸。
小鳥更將枝頭占，
歡叫長濺濺。

閑把春來踏，
草野新碧簪。
不盡春光二月曼，
和氣籠田灘。

陽光和煦泛，
白雲渡漫漫。
天高氣爽心興瀾，
吟詩舒浪漫。

天 晴朗微風漾　　心 中沉吟又開

天晴朗微風漾，
午後好陽光。
和氣暢心境爽，
寫詩真是忙。

食清淡人安詳，
晨昏把書嘗。
常吟詩口噙香，
氣宇是軒昂。

春來放生機揚，
萬物俱昂藏。
未名鳥高聲唱，
嬌囀真無雙。

我心怡望遠方，
天際煙茫茫。
雄心起欲高翔，
萬里無止疆。

心中沉吟又開，
往事推開又來。
人生無奈是情在，
無法回避哉。

心中激情長在，
春來又發感慨。
長羨雲霞多自在，
此身在塵埃。

心中空朦難解，
苦悶交集待裁。
願得東風盡情來，
心鎖寸寸開。

好自為之安排，
人生更須詼諧。
粉墨人生要登臺，
花臉也自在。

瀟瀟風雨將來，
雲層變化難猜。
身心靜定是要哉，

雨後虹會來。

至此心思大開，
更不獨自徘徊。
奮搏人生趁現在，
何懼風雨來？

人 生難得清閒

人生難得清閒，
焉肯放下思想？
心有千願均需嘗，
件件待商量。

白雲蒼狗奔忙，
少年白髮滄桑。
轉眼百年匆匆向，
心雄何必講？

春來風正吹放，
人心卻又鼓蕩。
如何清心真難講，
機心引喪亡。

何不學雲飛翔？
白鶴展翅正靚。
天蒼地廣任我航，
遠離名利場。

此際心興高漲，
春意又復蕩漾。
水拍岸堤起清響，

柳上鳥鳴唱。

湖畔我自徜徉，
萬語千言難講。
寫詩不盡是思想，
共與春風揚。

春 分心情舒暢

春分心情舒暢，
春光悠悠揚揚。
散步歸來寫詩忙，
吐盡是心香。

紅日東方生長，
鳥坐柳枝啼唱。
清風吹來長是爽，
碧野新綻芳。

天色清淡晴朗，
遠際晨靄淡爽。
水光更是起微亮，
霞彩水中漾。

心身煥發力量，
壯懷猶自堪賞。
美妙人生聽我唱，
共此春光揚。

詩意人生昂揚，
觸目俱含詩香。
書寫不盡是春光，

無限妙又芳。

心興只是高漲，
晨光妙發清揚。
春分時節花初芳，
長引余徜徉。

窗外鳥囀清揚，
陽光遍灑光芒。
坐定寫詩是個強，
心襟好開放。

早起盡賞晨芳，
詩中難描春光。
更吐心香向花放，
欲與試比長。

春 風好自揚長

春風好自揚長，
拂得柳絲嫋揚。
小鳥只顧清唱，
自樂得其所向。

我心妙發清揚，
春衫敞開胸膛。
人生路上昂藏，
應許瀟灑奔放。

坐定寫詩心暢，
得志不可狂猖。
身心舊有痛傷，
風送莫名之鄉。

詩興長是清狂，
寫詞吐出芳香。
書出心胸意向，
東風暢讀成章。

清 心把歌來唱

清心把歌來唱，
得意不可再往。
寫詩是為吐心暢，
管它清與狂？

身心也應押上，
誦之應有芳香。
由來詩人多奔放，
名利推又抗。

此際清風長揚，
開我胸襟真暢。
會解人生意味長，
放歌長嘹亮。

歌聲長應唱響，
和唱無人何妨？
心與白雲相比將，
飄逸誰更揚？

此生已近夕陽，
午後陽光正靚。
修得身心淡且芳，

詩意或昂藏？

放飛心跡徜徉，
高飛萬里穹蒼。
世界無邊任我翔，
鵬志在遐方。

風來也正爽朗，
長與我心相仿。
只是情懷長是敞，
誰來入我膛？

夢回未名之鄉，
情牽清真所向。
心心念念總是長，
共彼柳枝揚。

我 心愛好遐想

我心愛好遐想，
有時耽於夢鄉。
開懷大笑真是暢，
人生與味長。

胸襟何妨更靚？
情懷應許更長。
不盡心事付斜陽，
此際清風暢。

心與真昂揚，
更比東風揚。
奔放萬里未為疆，
孰敢比短長？

此際心懷曠，
宇宙俱包藏。
踏實做人最為上，
從容啟安詳。

我 心有歌要唱

我心有歌要唱，
放達五湖三江。
壯懷此際正清揚，
激情向天曠。

人生激越奔放，
回首風雨滄桑。
休言勝敗是平常，
有人把命喪。

有志不必常講，
潛心實幹為上。
百年只是匆匆向，
轉眼是夕陽。

白髮任其蒼蒼，
我心自有芬芳。
寫出詩篇妙無疆，
誦之口噙香。

只是此心難講，
言明是為莽蒼。
歷盡歲月與滄桑，

娓娓道來長。

長歌化作短唱，
激情溶入滄浪。
世界真是渾濁樣，
清白易受傷。

心中自有理想，
總想高飛遠航。
天地正道是滄桑，
人生亦同樣。

不必心痛久長，
時間自能療傷。
煥發生命真剛強，
活出個人樣。

歌聲自能嘹亮，
心靈時空唱響。
人生瀟逍自昂揚，
何懼苦與傷？

只是兒女情長，
又是英雄淚滂。
揮灑熱血迎頭上，
奮發剛與強。

暮 色此際濃重

暮色此際濃重，
余心淡泊從容。
儘管人生多傷痛，
仍須奮力沖。

天涯又起冷風，
春寒卻不嚴重。
頂風行來步穩重，
面帶微笑容。

中年心不輕鬆，
回首何須沉痛？
前路尚有萬千重，
雄關征服中。

夜色漸漸濃重，
華燈點綴街容。
下班歸來輕如風，
長對晚煙濃。

天地自有風涼

天地自有風涼，
瀟瀟人生艱愴。
未名風雨任狂狷，
我心有清閒。

仲春尚有微涼，
和氣卻已早漾。
天地明媚誰能擋？
草野先含芳。

心有芊芊嚮往，
情又微微鼓蕩。
言說不盡是心鄉，
層層生波浪。

坎坷曾經備嘗，
辛酸卻成既往。
前路尚待搏風狂，
奮力往前闖。

夜深氣溫漸降，
心情卻自奔放。
春來我心是昂揚，

激動入雲鄉。

好是此心難講，
詩中難道其詳。
只得長歎發聲響，
天地玄又蒼。

只 是此心難對

只是此心難對，
長與明月共飛。
天涯路遠一夜回，
惟是沉與醉。

只是此心難對，
人生百感來催。
不怕煙雨迷又離，
情真何必愧？

只是此心難對，
長夜獨守心扉。
人生思慮向詩飛，
心香縷縷揮。

只是此心難對，
風雨長是來摧。
落紅不是殘花飛，
乃是人心淚。

只是此心難對，
二月碧柳垂垂。
人生難得青春美，
可惜近秋歲。

只是此心難對，
鳥囀嬌柔清脆。
曠達身心才能飛，
萬里雲天美。

只是此心難對，
流年飛逝如水。
少年心跡堪味回，
不覺白髮飛。

只是此心難對，
人生苦痛長摧。
放浪煙霞雖為美，
此心是麻醉。

只是此心難對，
無言獨對斜暉。
清貧人生固有味，
誰不希富貴？

只是此心難對，
心中自有雲飛。
樵柴是友共漁醉，
其中有滋味。

只是此心難對，
心事層層深邃。
一如雲蒸霞又蔚，
遑論美不美。

只是此心難對，
清白做人純粹。
不求俗世名與利，
心潔長如水。

只是此心難對，
良心無缺是惟。
道德人生最為貴，
情操入翠微。

只是此心難對，
有時情淚紛飛。
為人哪能無緣會，
自己知其味。

只是此心難對，
人生至為珍貴。
歲月匆匆若流水，
春華轉眼飛。

只是此心難對，

無語更自傷悲。
詩中詞句儘管美，
誰解其中味？

只是此心難對，
時雨摧落芳菲。
落紅一如人生碎，
惟余淡香飛。

只是此心難對，
陰雲層鎖密垂。
有時心中苦難背，
是為活受罪。

只是此心難對，
春雨能催蓓蕾。
新生力量是為美，
生命活力最。

只是此心難對，
長欲奮發雄飛。
高天之上寒又悲，
嫦娥淚雙垂。

只是此心難對，
不肯淪為塵灰。

33

即便做個塵飄飛，
也要與風隨。

只是此心難對，
萬語千言味回。
有時靜坐聽心扉，
跳動似欲飛。

只是此心難對，
不言也罷是惟。
敞開心扉若放飛，
脫翅不可追。

只是此心難對，
擱筆不談是惟。
掏出胸心是純粹，
陽光風雨萃。

東 方微露一線紅

東方微露一線紅，
心地喜衝衝。
欣聽晨鳥唱未窮，
詩情正洶湧。

出門散步興無窮，
遍野正蔥蘢。
更吸清風入肺中，
吐氣化飛虹。

春盡將入初夏中，
青杏待吐紅。
喜愛小桃茁壯中，
滿園花香濃。

久未寫詩無言中，
今日詩情湧。
即此短詩吐心胸，
清新又玲瓏。

第八卷《楊柳集》

夜 深不復多雲

夜深不復多雲，
提起也應心驚。
人生長付慷慨行，
靜聽蛙鼓鳴。

回首年華水印，
只余華髮雙鬢。
在此四更且清心，
一曲情歌吟。

不盡高歌悲鳴，
何許放蕩身心？
春夜承擔無限情，
花好正溫馨。

我心長自運行，
孤苦且自經營。
百年光陰寸寸驚，
不勝是多情。

夜深不復多雲，
清風吹我心襟。
願得人生無惱驚，

長是清余心。

灑脫最益身心，
名利死人性靈。
小蛙鳴放勸君聽，
此物怡心情。

寫詩只為吐心，
短吟更為可行。
詩人今夜有心情，
春夜最多情。

可惜春盡將行，
初夏不日將臨。
年華似水永運行，
夜深不多雲。

真 想歌唱

真想歌唱，夜靜待怎樣？
清心去想，人生須奔放。

通俗來講，只是心兒傷。
淡淡花香，療我中心創。

壯歲狂猖，依舊有夢想。
要去飛翔，絕壁真能上。

高天之上，一任其荒涼。
覓回瓊漿，與君共分享。

萬言難講，心兒多奔放。
有點清香，點綴世蒼茫。

心有歌唱，共此鳴蛙揚。
卻赴紙上，裁出是詩章。

野 外瀟瀟

野外瀟瀟，觸目盡芳草。
散步逍遙，紅日正高照。

湖水清俏，映著雲兒飄。
漾波漣小，魚兒躍又跳。

鳥囀真嬌，我心為動搖。
揚柳舞腰，蘸著水兒飄。

微汗出了，身心清又瀟。
對著花草，心態舒而高。

放 假真好

放假真好，自在又逍遙。
身心放了，沐著陽光照。

清聽鳥叫，閑看花與草。
寫點詩兒，映出身心妙。

志兒不高，樸素是為好。
名利煩惱，最好全拋掉。

春末瀟瀟，初夏將來了。
更許伸腰，且放心飄飄。

一 點心瀟　　　　心 襟遙逍

一點心瀟，對著晨光早。
寫詩逍遙，真覺人生好。

無限情拋，其中多煩惱。
展翅高逍，雲外自在遙。

哈哈大笑，世界真個老。
我心清瀟，卻似童年少。

真想不到，妙語神來俏。
清心最好，只是求個逍。

心襟遙逍，園中青杏小。
桃兒渺渺，石榴剛打苞。

天際煙飄，林木盡翠好。
滿目芳草，點綴花兒妙。

鳥兒高叫，似報天晴好。
我心清遙，映著芊芊草。

有點清飄，不必拈花笑。
想著芭蕉，不知如何了？

我 心不驚

我心不驚，
人生任我穿梭行。
釣舟正平，
波濤由它起千鈞。

徜徉鎮定，
好風吹擊我身心。
故事煙雲，
世界只是波上行。

放眼警醒，
何必夜深學老鷹？
應有空靈，
山中蘭草素樸心。

世事何雲？
原是糊塗一筆清。
展翅飛行，
搏擊長天萬里雲。

綠 滿天涯盡芳草

綠滿天涯盡芳草，
翹目發長嘯。
不與啼鳥比音高，
我心原清妙。

心襟修得自瀟騷，
懷抱與誰瞧？
身在塵網學飛高，
突破時空罩。

灑脫人生共風拋，
雲煙自在飄。
心音自向詩中描，
不求世人曉。

淡蕩生涯無塵擾，
清心雲常飄。
莫謂市井煩又噪，
心有山水逍。

夜 起清風正放

夜起清風正放，
星漢燦爛未央。
我心長是悠揚，
心有詩興蕩漾。

欲起長歌奔放，
更把心香訴淌。
人生難得舒暢，
此際情思綿長。

短吟一曲何妨？
卻能節省時間。
歲月任起清蒼，
我心長是閑閑。

淡泊人生歌唱，
天籟人和安詳。
清夜蛙鳴悠揚，
深深沁入心膛。

40

心 花正放

心花正放，沐浴彼晨芳。
霞彩正漾，半天是紅光。

清風徐放，鳥語花又香。
歲月匆忙，不覺初夏間。

余心清揚，共與風閒逛。
天久地長，敬祝歲月康。

寫詩興長，意境沁其間。
淡淡何妨？道出心安詳。

天 氣晴朗

天氣晴朗，蜂蝶花間忙。
群花開放，嬌美真無上。

桃杏正長，石榴花又放。
鳥語清揚，不盡余心暢。

清風來放，淡淡有花香。
不必懷想，歲月任其蒼。

未可清狂，徐步且安詳。
天高遠長，人生妙無恙。

心 定神暢

心定神暢，悠聽鳴蛙揚。
四更時間，不眠又上網。

和風來翔，清夜無人響。
靜定心腸，容我放思想。

人生短長？百年匆匆向。
應許心閑，不准名利妨。

江湖放浪，濯足放歌狂。
聲達穹蒼，何妨遏雲響？

壯歲艱愴，一任風雨狂。
兩鬢初蒼，雄心依然強。

今夜清涼，世界真安詳。
月出東方，一鉤黃又黃。

白 雲自在飄

白雲自在飄，天氣晴好。
心興油然高，且學遙逍。

清風吹來妙，鳥語來哨。
開襟正真好，放懷大笑。

世事任其囂，紅塵擾擾。
心定我自瀟，迎取落照。

壯歲不言老，志向尚高。
展眼向遠瞧，山高水遙。

藍 天白雲多晴好

藍天白雲多晴好，
心境曠然瀟。
午睡之後暢懷抱，
寫詩俏又俏。

鳥鳴宛轉真會鬧，
清風又來找。
樹蔭濃密翠又好，
花香有蝶飄。

自在人生逍且遙，
名利何足道？
清心更把真理找，
何懼艱深饒？

百年光陰轉眼消，
壯歲斑鬢好。
淡定身心由風繞，
清新絕塵囂。

彤 雲起暮天長

彤雲起暮天長，
驚訝歲月走滄桑。
車聲噪鳥兒響，
世界如斯是匆忙。

倚窗側長悵望，
悠悠心事共誰講？
縱萬語淚千行，
惟向詩中作徜徉。

前路遠須奮闖，
山水何懼彼蒼茫？
人近老心猶壯，
詩中揮灑志兒康。

道不盡何必講？
默默釀造化思想。
天無涯何處翔？
四海雲帆盡情放。

五 更枕上未眠

五更枕上未眠，
聽取蛙鳴清音。
布穀聲聲叫得勤，
天氣又轉陰。

清風吹來清醒，
花香也堪嗅進。
淡定收拾是身心，
一點是靈明。

世事任它運營，
我只獨立持心。
灑脫雲外去飛行，
惜無鶴翅憑。

此際心境清靈，
寫詩更覺明淨。
百年光陰是驚心，
余得蒼蒼鬢。

晴 空萬里無雲障

晴空萬里無雲障，
天際煙靄蒼。
晨風吹來有點涼，
身心爽復朗。

中心有感真想唱，
舒發我思想。
況有雀鳥多鳴放，
引我悠且閑。

一篇發出有交響，
何必遏雲翔？
人生百年匆匆向，
念此心暗傷。

不必消沉須奔放，
丈夫意氣昂。
前路縱有山萬幢，
立志奮去闖。

第十卷《隨意集》

放飛心襟且高翔，
紅塵拋萬丈。
激情歲月火紅彰，
回首風雲蕩。

高天冷寒風雷放，
雄心絕壁上。
老鷹憑高俯視望，
城郭掩滄桑。

布 穀聲聲叫均勻

布穀聲聲叫均勻，
晨風清又新。
合歡花放似霞錦，
我心大震驚。

世界只是如水運，
恒有波浪行。
人生務須鎮而定，
時時要清心。

我心只是明如鏡，
映照天良明。
淡泊生涯似雲行，
飄飄潔又清。

晨鳥此際憩樹蔭，
歡唱不肯停。
周日正有好心情，
短詩一曲吟。

心 襟正瀟

心襟正瀟，小子志頗高。
窗外雨蕭，靜坐心態好。

一點情饒，長向詩中拋。
更許心高，欲向雲外逍。

只是難道，紅塵萬丈繞。
俗緣未了，還有愛恨找。

不必多道，言盡也不了。
飲茗清遙，閑寫詩兒好。

不 可急功近利

不可急功近利，
應能靜守清對。
春種秋收是為，
欲速不達須避。

清晨清風來會，
使我大開心扉。
況有蛙鼓微微，
晨鳥清唱唯美。

夜眠安妥興飛，
神采奕奕是為。
詩意發出純粹，
書出人生況味。

中年心境相對，
淡定守我氛圍。
歲月流走紛飛，
名利任其去回。

所思盡在親為，
不求收穫暴利。
花開自有風味，
春蘭秋菊芳菲。

春花已隨流水，
夏荷待開尚未。
楓葉此際青翠，
梅花須待寒催。

不可急功近利，
守定本份是為。
雖然事在人為，
因緣是有興會。

放眼長望千里，
關山漫越成堆。
風景曲折百回，
信步欣賞才對。

不可急功近利，
譬若釣魚是為。
靜靜清守長對，
焦急徒敗興味。

人生大有可為，
長放青眼妙會。
一心播種護維，
收穫自有萬倍。

人生只是情長

人生只是情長，
轉眼煙水茫茫。
回首何所相向？
兩鬢斑斑蒼蒼。

坎坷浮生吟唱，
詩意盡發昂揚。
不屈心靈奔放，
長自共風清揚。

生死應能淡忘，
芭蕉清新正長。
效取綠竹翠蒼，
楊柳舞風妙放。

心慕幽蘭清芳，
未名大道探訪。
一生奮鬥激昂，
豪情向天鳴放。

斜 陽正照

斜陽正照，
雨後江山無限好。
有蝶輕飄，
石榴結果方正小。

心事誰曉？
不盡情懷向誰拋？
寫詩興饒，
書寫人生真懷抱。

淡定最好，
不受名利欺與擾。
瀟逍情俏，
長放雲天展眼瞧。

世事變爻，
萬變不離陰陽道。
搏擊玄妙，
正邪拼殺比誰高。

世事洞曉，
不言靜坐由風繞。
欲領風騷，
英雄原不狂而躁。

天暑熱燥，
清心從來最為要。
詩書不拋，
我與前賢談又笑。

窗外人囂，
紅塵萬丈豐而饒。
立志雖高，
出得塵寰更重要。

萬言難了，
心事變遷若煙裊。
灑脫才好，
共此雲天化風飄。

蟲 吟清靈均勻唱

蟲吟清靈均勻唱，
都是好文章。
枕上聽取心清爽，
詩興油然漲。

蛙鼓三更敲得長，
隱隱淡淡放。
清風吹來有暗香，
和氣天地間。

歲月匆匆似輕狂，
內涵富而芳。
中年激情懷中漾，
何必向人講？

此際夜靜獨坐想，
一曲清又靚。
天籟沁心妙無限，
人生情悠長。

不必多雲聽蟲唱，
況有蛙清揚？
世事人生且暫忘，
溶入天地間。

何處犬吠二三響？
路上車聲揚。
不盡心情共風暢，
妙入水雲鄉。

否 極泰來

否極泰來，
無限風光由此開。
人生境界，
拂開煙蘿見峰來。

應持大愛，
人生切莫空徘徊。
走過塵埃，
總持詩書風騷偕。

定心慧開，
放眼看得真世界。
瀟逍風采，
一任緣起去復來。

追求和諧，
須悟天地真機在。
妙解心開，
天人大道中心裁。

心物妙解，
無機奔放得其諧。
正氣恒在，
扶正祛邪天安排。

不可懈怠，
奮發人生風雷開。
暢開心懷，
笑迎長風入胸來。

不 可急功近利

不可急功近利，
時到果實累累。
人生百年長對，
大器晚成為美。

少年不可怕累，
學海揚帆萬里。
青年激情百倍，
更應奮發有為。

中年稍有積累，
不可自以為美。
壯歲沉穩加倍，
識見能透秋水。

老年未可傷悲，
壯懷猶有可為。
一生加以回味，
經驗可留後輩。

春華秋實是為，
春蘭秋菊芳菲。

夏荷清新最美，
冬梅傲雪香飛。

人人發奮揚眉，
時代正氣鼓吹。
創造文明美麗，
大道盡顯純粹。

此時三更正對，
明月朗照窗楣。
蟲蛙齊唱清麗，
我心清興放飛。

不惑之歲抬眉，
悟得歲月真味。
一點心得體會，
獻與君子味回。

天 意弄人難回避

第十二卷《未名集》

天意弄人難回避，
晨起悵對芳菲。
牽牛花開算最美，
石榴果實垂垂。

心意只是難面對，
吐出又有誰會？
寫點詩兒是點綴，
稍有清新芳味。

何日能展鵬翅飛？
出得塵宇萬里。
天上星月俱來會，
絕無人間煙味。

此時靜坐心緒飛，
遐想何止萬里？
晨風清拂我心扉，
開我胸襟萬倍。

清 夜平正

清夜平正，蛙鳴正成陣。
蟲吟聲聲，添我精與神。

靜坐思深，人生何必論？
剛入四更，涼爽清風逞。

世事奔騰，擾我以心疼。
安憩休神，且聽天籟聲。

夜眠難成，寫詩吐心身。
難言難論，曲折又艱深。

流 雲從容

流雲從容，晨煙飛朦朧。
靜坐心動，蛙鳴隱隱中。

詩意來從，發揚一曲萌。
輕輕鬆鬆，情興長隨風。

淡定悟空，不執物於胸。
清雅和同，我有真情濃。

飄逸無蹤，何必展心胸？
願與鶴盟，長憩雲與松。

早 菊初放

早菊初放，一任暑意狂。
潔白清芳，淡淡一身香。

秋未來訪，為何菊開放？
清新滌腸，睹之心與長。

聽蟬正唱，烈日狂而猖。
石榴果黃，點綴綠葉間。

牽牛無恙，晨時應時放。
嬌豔無雙，與菊不一樣。

靜坐思想，人生貴揚長。
淡淡心腸，一似水流淌。

寫詩悠閒，情興如雲蕩。
不慌不忙，人生一曲唱。

紫 燕來翔

紫燕來翔，迴旋多悠揚。
我心蕩漾，情為之而曠。

晨光真爽，雨後遍野芳。
蛙鳴清響，雀鳥高聲唱。

詩意真暢，情興激而昂。
吟詩心腸，共此天地芳。

我有短章，奏出交與響。
百轉情長，內氣有潛藏。

欣 聽蟬唱

欣聽蟬唱，引我心悠揚。
歲月放曠，人生懷情長。

腹有圖藏，何日展與放？
心懷壯想，要上高天翔。

孤身何妨？前路奮力闖。
煙雨莽蒼，披荊斬棘上。

一聲清唱，遏住雲飛翔。
放眼長望，刺破青天帳。

星 光燦爛

星光燦爛，心境自安安。
放飛散淡，一路好浪漫。

華燈光璨，車聲響霄漢。
散步歸還，一身漾輕汗。

寫詩舒散，心襟逐雲曼。
其臭如蘭，淡雅出塵寰。

身心清彈，雲水無限翻。
德操應看，人格詩中展。

神 清氣爽

神清氣爽，一夜睡眠香。
晨起揚長，詩意向天放。

我欲歌唱，舒我身心曠。
轉思回想，情懷如縷芳。

何處犬放？何處晨雞唱？
晨風來爽，晨星明又亮。

好自情長，願共風清揚。
飛向遠方，海角天涯向。

心 襟應敞

心襟應敞，放出真思想。
一如蟲唱，和諧又悠揚。

心有清涼，消得世炎狂。
晚風來暢，痛快在心膛。

路上燈放，車聲走狂猖。
人亦熙攘，噪雜不住響。

靜坐對窗，寫詩舒而暢。
一點感想，長付入紙間。

雅 思來侵

雅思來侵，解得真性靈。
發詩明淨，更比碧水清。

會悟寧靜，一似清水井。
點滴經心，總是緣與境。

有蟲輕吟，點綴此夜靜。
靜坐心清，寫詩是閒情。

小風來運，爽意入心靈。
遠犬吠鳴，車聲又經行。

世界難云，碌碌是人群。
眾生奔競，總是利與名。

此際夜靜，梳我心與情。
書出情境，只恐無人領。

天 際煙蒼

天際煙蒼，晨靄是微漾。
有鳥啼唱，清脆多響亮。

時雨又降，直瀉走狂狷。
一片交響，雨聲漫天長。

對外張望，煙雨真茫茫。
有鳥飛翔，劃過天中間。

世界囂張，一如此雨狂。
應持定當，安走人生場。

天 氣晴朗

天氣晴朗，秋光初淡蕩。
和氣遍漾，人間勝天堂。

好自揚長，閑把身心放。
激越慨慷，欲跨萬里疆。

晨蟬又唱，鳥囀自如腔。
誦讀詩章，縷縷散清芳。

清風來暢，好個爽與涼。
心欲歌唱，直達彼穹蒼。

笛 音悠揚

笛音悠揚，聽來舒又暢。
共彼鳥唱，和諧真無上。

蟬噪狂猖，欲與鳥比將。
力不自量，沒有羞之腸。

我心清曠，映得雲萬方。
靜聽悠閒，更譜詩芬芳。

不多言講，何如聽笛放？
還有鳥揚，惜被蟬噪妨。

秋 蟲吟余心清

秋蟲吟余心清，
此際多含情。
不眠夜幾分醒，
寫詩吐心境。

車聲鳴夜不靜，
路燈自通明。
秋風清添余興，
一時也雅淨。

心驚警半生競，
兩鬢霜有影。
惜寸陰須奮進，
蹉跎可不行。

秋夜清余心靜，
梳理心與情。
心之音訴君聽，
流水清且鳴。

細 雨濛濛

細雨濛濛，
清清涼涼走金風。
我心從容，
提筆作詩賦心胸。

人生如夢，
睜開眼睛是空空。
歷史成風，
盡付漁樵閒話中。

有些心痛，
四十春秋傷重重。
放眼天穹，
綿綿細雨無盡窮。

不必沉重，
應學飛鳥劃長空。
前路何從？
願化長風煙雨中。

秋 光浪漫

秋光浪漫，晨曦真好看。
心境散淡，寫詩賦清談。

牽牛花綻，萬千喇叭展。
石榴枝纏，紅紅是笑顏。

金風又還，不是去年禪。
心起浩歎，賦入詩中看。

人生有憾，浮生如夢般。
放眼細看，緣起緣又散。

清 風爽來

清風爽來，愜意遍塵埃。
逍遙自在，閑把詩章裁。

生活實在，苦痛堪難捱。
放眼天外，白雲悠然哉。

中心感慨，話山萬千排。
言多必敗，留取青山在。

短章又開，知音何處在？
小小寰埃，容我出塵來。

清 風來漱

清風來漱，蛩吟清新語。
心共誰數？獨坐無意趣。

人生苦旅，只余霜鬢具。
夜深如許，心曲獨自度。

好自難語，感慨中心悟。
世事風雨，何不兼程去？

淡泊自取，清聽蟲之語。
更發意趣，短詩描又具。

夜 靜時分

夜靜時分，草蟲自聲聲。
獨對青燈，心事起奔騰。

人生難論，流走是晨昏。
名利擾人，失落是青春。

路上華燈，此際黃與昏。
寫詩心生，描出是心身。

何必多論？且自聽蟲聲。
蛩吟平正，天籟無限生。

安 步當車

安步當車，一任時光飛。
寵辱何味？付與東流水。

我心純粹，敢向明月對。
金風來吹，開我心與扉。

人生百味，何必多沉醉？
笑對雲飛，紅塵有其美。

歲月如催，轉眼斑鬢會。
灑脫面對，緣起緣消褪。

薄 霧又漲

薄霧又漲，路燈昏又黃。
蛩吟清爽，我心溫且暢。

詩興來漾，發語奏清響。
何計短長，吐出是芳香。

半生已往，只余兩鬢霜。
蹉跎坎蒼，詩意具蕭涼。

五更正放，黎明正待長。
倚窗閑望，晨雞清聲唱。

心 定神閑

心定神閑，清風又來逛。
神清氣爽，讀書悠復揚。

天陰何妨？雲層飄又蕩。
鳥語清揚，我心為之曠。

秋光無限，和氣天地間。
珍惜時光，奮發向前闖。

我志慨慷，激越賦詩章。
笑意昂揚，風雨兼程上。

竹 笛清響

竹笛清響，一使余心暢。
激越慨慷，余心且蒼涼。

窗外風狂，白雲緩緩翔。
陽光明亮，菊花開正黃。

一點情腸，百轉共笛揚。
悠悠何向？人生草露間。

風聲正響，嗚嗚走狂猖。
冬將來訪，靜待臘梅香。

我 心飛翔

我心飛翔，突破時空障。
轉眼之間，出得塵世蒼。

夕照正靚，晚秋菊花黃。
心地敞亮，洞見靈妙光。

嬌豔扶桑，共彼月季芳。
傲彼冷霜，欲爭短與長。

心境淨爽，寫詩發清揚。
妙語徜徉，放飛入雲間。

情 懷何向

情懷何向？
惜無明月把歌唱。
雨打狷狂，
況有寒風助淒涼。

青春已往，
壯歲不惑透滄桑。
老來何妨？
一點清心淡淡芳。

今夜安詳，
理我心弦入詩章。
一曲奏響，
只似琴笛悠悠唱。

歲月如狂，
轉眼又是冬來訪。
回首細想，
檢點年成心暗曠。

娟 娟情芳

娟娟情芳，
清夜理我心與腸。
一點奔放，
恒想共彼風雨唱。

轉思回想，
四十秋春如水放。
華髮染霜，
青春不覺成過往。

清心有香，
淡泊之間天地長。
道德培養，
學問總是無止疆。

與誰共享？
心得體會入詩章。
三更雨長，
我有情思勝風狂。

鳥 喧成陣

鳥喧成陣，落葉知幾層？
冬來清冷，余心感深沉。

晨風正生，爽意添精神。
寫詩說甚？只是吐心身。

不惑生成，淡泊是平生。
每日晨昏，誦詩頤三分。

何必多論？世界正奔騰。
百年人生，擾擾是紅塵。

淡 泊如風

淡泊如風，世事渾如夢。
轉眼成空，天涯雲煙重。

應能從容，不受彼邪風。
理我心胸，閑賦入詩中。

談點平庸，何必去爭功？
羨彼山翁，晨昏沐松風。

四十過從，所余是心痛。
煙雨朦朧，慧眼透蒼穹。

晨 起心境爽

晨起心境爽，聊賦短章。
一任朔風狂，落葉飄殤。

歲月自更張，何懼寒涼？
中心有芬芳，幽蘭比將。

淡定守平常，不求利放。
名富不求講，清貧康強。

吟詩清興長，清遠嘹亮。
放眼天際蒼，煙靄迷茫。

清 聽鳥唱

清聽鳥唱，余心起悠閒。
晨起興曠，提筆作詩章。

清興遠長，豈在塵世逛？
放目遠方，雙睛透穹蒼。

冬來寒涼，心卻有火放。
日出東方，紅紅光又亮。

心情舒暢，不盡是個爽。
好自昂揚，我有情奔放。

心事依舊有平康　　一片心音倩誰聽

心事依舊有平康，
不復負蒼涼。
放眼抬頭且長望，
天陰寒風狂。

靜坐安然思緒暢，
遐想入雲長。
一點情懷淡淡芳，
賦入詩中間。

週末清享悠與閑，
校訂舊詩章。
中心有感欲高唱，
刺破蒼天放。

人生百年走艱蒼，
只是癡與傷。
何如哦詩度滄桑，
一曲清又涼。

一片心音倩誰聽？
長向詩中鳴。
紅塵只是夢中境，
難以道分明。

回首曾經風雨頻，
兼程心孤清。
而今淡定不復雲，
化作謙和情。

人生百歲多風雲，
攬盡月和星。
長懷激情欲飛行，
萬里轉眼臨。

窗外寒雨又來侵，
獨坐思紛紜。
閑賦一篇揮心襟，
留作記憶憑。

第十六卷《飛瀑集》

春 氣又發揚

春氣又發揚，立春今訪。
中心喜洋洋，十分舒暢。

音樂清輕放，旋律清芳。
晨起霧清長，和氣正長。

淡定守平常，青眼曠望。
轉思又回想，一笑清揚。

春心又鼓蕩，充滿馨香。
短詩非華章，是吐情腸。

舒 我心腸

舒我心腸，春天今開場。
一點昂揚，對著陽光唱。

流年是芳，東風行浩蕩。
激情奔放，長欲向天逛。

坐定思想，只是清心芳。
吐出情腸，何必撲鼻香？

清清爽爽，人生該這樣。
心情舒暢，吟詩瀏又亮。

清 聽鳥唱

清聽鳥唱，我心為之放。
一片交響，春光應悠揚。

輕風吹蕩，和暖滌心腸。
陽光奔放，我心喜洋洋。

歲月更張，冬去影無彰。
終有寒涼，卻又能怎樣？

此際心曠，吟詩欲千章。
正午時間，陽和天地放。

簷 前滴春雨

簷前滴春雨，心曲誰度？
靜坐應無語，長向詩驅。

人生有千悟，難以具數。
此際心微吐，長似風雨。

何必狂聲呼？淡泊自許。
心跡縱高舉，天涯孤旅。

清心對風雨，鼓舞情趣。
散坐寬心路，默默無語。

悠 悠心襟

悠悠心襟，中心走千嶺。
慧光有映，詩中舒身心。

淡守靜定，學問深用心。
一點情境，只是滄桑行。

秋春紛紜，不惑盈心境。
走過風雲，而今心靜平。

笑對風行，開懷把詩吟。
萬章難明，不盡是心情。

心 襟綻放

心襟綻放，中心起明光。
智慧有芳，只是無人嘗。

歲月盡享，識盡炎與涼。
不回頭望，仍須向前闖。

高歌嘹亮，一曲動地蒼。
心態奔放，豈懼滄與桑？

此際定當，靜坐有安詳。
心襟綻放，詩句具清芳。

清 思來侵

清思來侵，心地正均平。
真理光映，雙目展清明。

世事任運，人生長多情。
回首驚心，滄桑變無垠。

好自警醒，純潔是心靈。
務使空靈，恒向天外行。

春來心靜，放眼萬里雲。
中心清淨，發語秀而勻。

心 襟浮動

心襟浮動，萬事俱來湧。
應許從容，自在得持中。

紅塵洶湧，人生如夢中。
智慧何從？雅意何處萌？

兩鬢斑重，還有輕笑容。
抬眼挺胸，吐出氣如虹。

一生情重，付與彼春風。
雅思來從，哦出心意濃。

激 情奔放

激情奔放，長向天外揚。
熱血恒張，壯志多昂藏。

半生水放，何惜兩鬢霜？
求取剛強，白鶴雲外翔。

清心不涼，淡雅效蘭芳。
雅意清揚，共此春風放。

志向仍剛，放眼向天望。
恒想高唱，遏雲自嘹亮。

揚 我心帆

揚我心帆，
向著高天痛喊。
霧卻綿纏，
長放情絲縮展。

清夜和善，
路燈薄霧相安。
我心恬然，
詩意長自心綻。

內視心丹，
紅紅仍是好看。
兩鬢惜斑，
不惑深情開展。

青春煙泛，
只余淡淡傷感。
雄心未淡，
春來當揚長帆。

清 思由來騷

清思由來騷，春來情好。
今夜溫馨饒，詩意清翹。

人生縱馬跑，意在遙逍。
清心叩大道，妙悟靈竅。

淡泊是最好，格調雅俏。
效取蘭芬飄，清香緲緲。

二更夜靜悄，寫詩情拋。
小子學風騷，雅具才調。

浩 志清揚

浩志清揚，
閑弄花草入詩行。
我心奔放，
暢對東風舒而曠。

淡守清腸，
人生理想及時唱。
效取風翔，
自在飛揚婉轉逛。

一點情長，
詩中長余淚兩行。
放眼長望，
天際晨靄正蒼蒼。

激情曠放，
遠勝清風之嫋揚。
白雲飄蕩，
一似我心之悠閒。

中 心放曠　　　與 世有商量

中心放曠，哦詩放千章。
清心爽朗，春來有舒揚。

風來無恙，天靄煙茫茫。
淡守心膛，火紅熾熱放。

人生難講，百感盈襟房。
歲月蒼蒼，擾我以心傷。

欣聽鳥唱，我心轉清揚。
一曲又放，清新展嘹亮。

與世有商量，真理清講。
勸君敞胸膛，心燈點亮。

亙古有滄桑，煙雨蕭涼。
淡定有回放，大道青蒼。

執著對風唱，音聲悠揚。
何妨遏雲翔？天地曠放。

春心有鼓蕩，激情發揚。
抬眼長瞭望，前路艱長。

得 道多奔放

得道多奔放，余心清暢。
謙和守志剛，淡寫年芳。

應許多昂揚，向天競放。
一曲清而香，激情曠朗。

人生譜華章，秋春清唱。
意氣共雲翔，天和人詳。

清心有雅量，宇宙包藏。
不惑叩道長，深探道廣。

清 心淡淡芳

清心淡淡芳，時空流漾。
一曲中心唱，天蒼地涼。

世界有囂張，名利攘攘。
心地自清涼，荷風竹響。

叩道一生長，揮發無限。
更發中心暢，換取詩章。

春情有鼓蕩，激發慨慷。
萬變多奔放，大道青蒼。

華滋集

小 風空靈

小風空靈，
斜陽藍天走白雲。
鳥語清映，
天和人暢有均平。

世界紛紜，
只是糊塗一筆清。
應持淡定，
一任世波起千鈞。

清坐心靜，
吐出胸襟世界驚。
曠世風雲，
亙古只余滄桑運。

悠悠余心，
不執俗世虛偽情。
放眼長運，
天際煙蒼藹藹行。

畫 眉清唱

畫眉清唱，余心為之曠。
清風來蕩，閑賦彼詩章。

春氣揚長，天地和意漲。
冬去無彰，碧野新綻芳。

生命又揚，前路共君闖。
山高水長，容我邁平康。

淡守心腸，道德叩無疆。
世界奔放，正道走桑滄。

笑 意漾上

笑意漾上，一曲清心芳。
淡守平常，向天放歌唱。

天地曠放，有道走清揚。
荷負理想，人生鼓勇上。

春又來訪，東風吹浩蕩。
哦我詩章，吐出心與腸。

天陰何妨？會有晴與朗。
紅紅太陽，遍灑光與芒。

春 寒正峭

春寒正峭，天際蒼煙飄。
人生晴好，吟詩吐心竅。

心靈不老，詩意正年少。
放我逍遙，前路縱馬跑。

放眼去瞧，世界有奧妙。
真理大道，空際正朗照。

山高水遙，一路風景好。
淡定不傲，我有真風騷。

淡 守清貧

淡守清貧，心中懷空靈。
春來鼓興，哦詩吐衷情。

世界囂行，恒是利與名。
大道清運，原無爭與競。

小風經行，我心清而醒。
人生奮進，要在前路明。

心燈高擎，照徹霧與雲。
天朗風清，正道運無垠。

時 雨又降

時雨又降，窗外正交響。
路燈明亮，余心清且閑。

春雷震響，天地泰而曠。
靜坐思想，人生應怎樣？

舊有已往，明日須前闖。
奮力向上，步履應揚長。

天和人詳，歲月淡淡芳。
春來心張，欲展雙翅翔。

靜 坐思暢

靜坐思暢，神思飛又揚。
去向何方？窗外雨正響。

夜幕已降，四野多安詳。
惟有雨唱，激動我心鄉。

春氣正張，陽和天地放。
人心清靚，情共雨飛翔。

新芽應長，明日碧野芳。
生機昂揚，天和人安詳。

天 啟微明

天啟微明，
晨起心境清而平。
寫詩舒情，
一生原有不老心。

半生水印，
只余清心勝白雲。
總持淡定，
清雅人生松蘿心。

雅思來沁，
空靈寫得詩清明。
慧意閒行，
天人和諧一曲鳴。

不必心驚，
世界一任起煙雲。
滄桑有定，
應駕輕舟逐浪行。

敞 心發清鳴

敞心發清鳴，應持空靈。
叩道心正殿，鼓勇奮進。

窗外小雨行，春意和平。
路上車聲鳴，噪噪經營。

晨起寫詩勤，吐盡心情。
人生務靜宿，淡雅清明。

求知無止境，一生用心。
天人有相映，體道盡性。

揮 發慨慷

揮發慨慷，人生懷情長。
天蒼地涼，容我縱橫闖。

世界奔放，大道走青蒼。
歷史流殤，只余思與想。

晨起清爽，一曲舒心腸。
天正陰黃，春寒激烈放。

我心定當，不執軌與常。
淡走時光，哦我詩清芳。

春 眠無限好

春眠無限好，
晨起紅日當頭照。
心境爽而瀟，
更寫新詩舒懷抱。

人生如斯妙，
壯歲仍有清純笑。
靜坐雅意俏，
欣聽鳥鳴聲聲鬧。

春情不住拋，
碧柳新芽黃綠俏。
喜意從心鬧，
天人相合有寫照。

生活步步高，
清貧不減志兒翹。
展翅學長嘯，
願向青天飛且遙。

心 思雅清　　天 和人暢

心思雅清，舒得是性靈。
有香口噲，哦詩具芳馨。

歲月曠行，春夜有寒侵。
靜坐舒情，吐我蘭蕙心。

半生無影，兩鬢清霜臨。
此際叩心，感慨無法鳴。

不必驚心，世事如水運
應持多情，隨緣共運行。

天和人暢，春光真無限。
紅日新長，萬里有雲翔。

聽鳥啼唱，我心欣且放。
喜鵲最靚，鳴叫聲洪亮。

淡淡煙漲，我心轉安詳。
一點心芳，溶入詩中漾。

無有悵惘，抬眼長曠望。
前路艱蒼，待我闖與蕩。

春 風浩蕩

春風浩蕩，暖氣四野漾。
天地爽朗，午後陽光暢。

精神健旺，神采煥然放。
踏春尋芳，應向田野逛。

好自為上，學海揚帆航。
心得馨芳，哦詩發清揚。

無限春光，嫋娜柳絲長。
坦坦蕩蕩，心襟舒而曠。

春 天無限好

春天無限好，晴日高照。
清風來寫照，有鳥鳴叫。

我心飄且遙，情興長瀟。
坐定寫詩俏，發語逍騷。

淡定遠外瞧，雲煙飄渺。
晨光不盡拋，盡顯微妙。

九九今日了，陽和正罩。
前路長待跑，風雨兼道。

心 襟奔放

心襟奔放，情懷向天曠。
展眼長望，藍天白雲翔。

清風來暢，好個爽與朗。
燦爛陽光，照徹天地間。

欲想歌唱，何如吟詩芳？
一曲清靚，遏住雲之蕩。

人生揚長，況值此春光。
心境舒暢，不盡是心向。

煙 波浩渺

煙波浩渺，湖水浪兒小。
斜暉朗照，天際晴煙嫋。

鳥鳴嬌妙，柳絲黃綠飄。
散步興遙，碧野綻芳草。

風兒清瀟，和暖陽春好。
無限情拋，賦詩哦遙逍。

心靈寫照，青春夕煙掃。
壯歲不老，吟得詩兒翹。

波 平如掌

波平如掌，細璉微微漾。
風吹柳揚，草野新翠長。

我心放曠，繞湖一圈逛。
清靈思想，哦出詩與章。

無限春光，不盡嫋與揚。
心興清朗，放眼天際蒼。

一點心香，溶入晴芬芳。
發語揚長，天地有交響。

春 光晴好

春光晴好，我心走逍遙。
清心正妙，發點詩兒騷。

淡定閑瞧，碧野柳絲搖。
陽光高照，藍天白雲飄。

未聽鳥叫，我欲發高嘯。
遏住雲跑，天地和氣繞。

歲月任造，只是緣字跑。
名利是擾，應學漁樵傲。

安 詳是我的心情

安詳是我的心情，
靜定是我的調停。
運動展不息生命，
奮鬥留步步腳印。

春漸去落花無影，
綠漸濃生意碧映。
展望眼天際煙青，
迎南風爽意盈襟。

不惑贏額上痕印，
雙睛透歲月情景。
中心裝乾坤空靈，
詩中舒一腔清鳴。

不屈記百折艱辛，
平淡共白雲相映。
恒持有一泓碧井，
無盡流生命激情。

園 中青杏小

園中青杏小，石榴含苞。
開口我微笑，舒出懷抱。

少年已逝消，雙鬢初老。
放眼蒼煙渺，天涯芳草。

人生難言道，長是豐饒。
詩中寄情竅，真實寫照。

淡泊晨昏好，共雲逍遙。
風吹鳥鳴叫，世界風騷。

第十九卷《溪山集》

靜坐生心

靜坐生心，暢想入古今。
有風清靈，爽我心與情。

此際蛙鳴，天籟契吾心。
可惜車行，噪噪時經營。

布穀又鳴，倍添情與景。
四更清靜，早起哦不停。

難書吾心，層層波瀾並。
不惑之鳴，遠勝彼蛙吟。

心 舒氣爽

心舒氣爽，閑把詩來唱。
清風真暢，情意共鳥揚。

坐定思想，何如耽書香？
捧卷揚長，我與前賢講。

歷史流殤，積累有幾倉？
貯書萬方，學海揚帆航。

不惑情長，幾多鬢染霜？
笑意又放，抬眼天青蒼。

心 思難講

心思難講，
幸有清風來悠揚。
一點評章，
閑弄情志入詩行。

午後清涼，
不覺點滴感愁悵。
有絮飛揚，
一似人生飄復蕩。

紅塵萬丈，
何如開心聽鳥唱？
哪管鬢霜，
中心時如少年狂。

心懷理想，
執眼長天多放曠。
白雲正翔，
朗朗青天有太陽。

哦 詩揚長

哦詩揚長，
詩意由我任意唱。
發語清芳，
吐詞顯出心舒曠。

人生不長，
理應隨緣多奔放。
笑意馨香，
辭去名利總應當。

高天雲翔，
翻卷自如似畫廊。
清風吹暢，
襲人總因有花香。

真理之光，
不滅恒在我心膛。
歷史流殤，
積澱道德發清揚。

晨 靄萬方

晨靄萬方，
陽光普照世界上。
心興清涼，
佇觀野景舒而爽。

花草含芳，
更有眾鳥齊歡唱。
應持悠揚，
心曲清彈哦詩行。

人生揚長，
一任歲月走青蒼。
百折心鄉，
合向田園長放曠。

苦惱須忘，
何不展顏輕歡暢？
共緣旅航，
大千紅塵容我闖。

心 事平靜

心事平靜，
聆聽內心之聲音。
世事紛紜，
何不應之以淨寧？

吾身淡定，
名利不過是浮雲。
清風來行，
爽我骨肉與心靈。

天氣正陰，
暮靄浮漾以充盈。
車聲轟鳴，
世界只是噪噪競。

應持空靈，
不執萬物余心靜。
天地有性，
總憑人心去辨明。

歲月無情，
擾我斑鬢蒼蒼臨。
火熱激情，
依舊懷有少年心。

大千正運，
紅塵漫漫因緣行。
曠世風情，
一生恒向詩中鳴。

心 事蒼茫

心事蒼茫，
一點情志沖天曠。
何執何亡？
人生原應持慨慷。

大道之張，
不露痕跡醞復釀。
如芽之長，
天地正氣舒昂揚。

清心徜徉，
學海無垠駕舟放。
何懼濁浪？
激情盈胸志清剛。

天涯無恙，
展翅奮飛撲擊上。
孤旅情長，
婉轉心情入詩唱。

心 兒爽聽鳥唱

心兒爽聽鳥唱，
薄霧漫天漲。
眠兒香精神揚，
提筆賦詩章。

時一晃近端陽，
惜時歎蒼黃。
壯年彰鬢微霜，
何必心有傷？

展眼望天晴朗，
萬類自由放。
小風揚送清香，
紅霞啟東方。

靜思想長奔放，
激情向天曠。
山河芳海平穰，
讚歌不停唱。

中 心欲唱 　　清 夜難眠

中心欲唱，
霧鎖清晨詩意暢。
群鳥嬌揚，
引人心地情思長。

河山無恙，
更著萬千奇異裝。
人民安康，
樂享歲穰歡聲朗。

詩意湧上，
揮灑文采向天曠。
一曲清揚，
化入晨霧也馨芳。

流年之往，
不必在意任飛殘。
來日方長，
天人暢演和諧章。

清夜難眠，
五更早起盼天明。
小風經行，
曠我身心清復靈。

世事難云，
何不省下一顆心？
向內調停，
養得襟懷入層雲。

雅思來沁，
百感總歸縈在心。
難訴衷情，
閑弄逸志入詩吟。

淡泊鎮定，
大千不過是緣行。
應許康寧，
總賴青天賜福因。

夜 初靜心清靈

坐 定心不躁

夜初靜心清靈，
提筆賦詩情。
小風行暑意盡，
閒適哦不停。

何所吟何所云？
大千是幻景。
歷風雲履霜冰，
而今白了鬢。

情猶殷欲飛鳴，
覽盡萬里雲。
心空靈叩道勤，
求知無止境。

夏至近時飛行，
對此心暗驚。
惜寸陰甘清貧，
學海奮不停。

坐定心不躁，
長望夕陽紅正燒。
清風從心繞，
遐意一時也來到。

世事任從飄，
我有逸志共漁樵。
詩意化作饒，
人生大千任性描。

業緣任漲銷，
清心出世有高蹈。
詩書養風騷，
壯歲胸中層雲緲。

宿鳥啼其妙，
天人原來相映巧。
雅思十分拋，
哦出詩意俏而逍。

世界清平

世界清平，
應許心境多靜定。
閑聽鳥鳴，
宛轉奏出天地心。

此生分明，
愛恨情仇入詩吟。
何必警醒？
浮生合是夢裡行。

曠世風情，
大千亙古是幻境。
悠悠風行，
慨慷化入水與雲。

而今淡定，
晨昏哦詩賦空靈。
一點心興，
共彼秋春冬夏運。

藍天白雲

藍天白雲，
天氣曠朗真多情。
我有雅興，
一篇詩歌脫口吟。

半世風雲，
化作眼中淚雙盈。
鳥鳴清新，
和風吹拂嫋性靈。

不必高鳴，
終有情思合低吟。
婉轉心情，
願揚雙翅入水雲。

吾生清貧，
詩書養我天然性。
雅意均平，
風骨應向詩中明。

清 風來行

清風來行，
曠放心襟有詩吟。
和氣寰盈，
人間又值暑意臨。

閑淡清靈，
空空胸中何所盈？
一點性情，
飄逸長似水鄉雲。

願共風行，
大千任我叩親近。
海內均平，
五洲風雷何時鳴？

激發心性，
正氣何不幹層雲？
筆下風情，
千古幾人同我心？

應 持靜定

應持靜定，
閑睹清風走白雲。
胸懷清新，
哦出詩句具芳馨。

人生曠進，
覽盡風雨雷電鳴。
壯歲不驚，
笑口長對陰與晴。

又聽鳥鳴，
我心我意起均平。
陶然適性，
此生原不計清貧。

周日清心，
內叩心靈發浩吟。
長天有雲，
未若余心是空靈。

淡 泊清寧

淡泊清寧，
何許波浪縈身心？
一點閒情，
哦詩描畫水與雲。

窗外鳥鳴，
點點滴滴契吾心。
藍天朗晴，
更有好風吹清醒。

世事康平，
我心我意淡且定。
觀彼市井，
繁榮景象日日新。

出口成吟，
山河大地俱含情。
天人和馨，
億兆黎民樂無垠。

斜 暉正放　　　歲 月自平康

斜暉正放，清風長嫋揚。
靜坐心涼，原無汗水淌。

世事任往，何必記心上？
流年更張，我有少年狂。

煥發詞章，吐點幽蘭芳。
騷氣淡爽，性靈在其間。

願共風翔，曠飛藍天上。
老來何妨？逸志更清揚。

歲月自平康，
良知正意是心臟。
一生作善良，
詩書長養騷蘭芳。

此際心兒放，
萬千風雲俱激蕩。
不作一聲響，
默運玄機九轉藏。

何須世人量？
我心原不在塵間。
名利推復抗，
此物只是害人腸。

天地有玄暢，
大道空際郁清芳。
遍地真理放，
只是無人識真相。

和 風清暢

和風清暢，
麻雀掠雨飛翔。
市井吵嚷，
車聲一片交響。

暮色茫茫，
靜坐尚有汗淌。
轉思回想，
百感俱上心膛。

當年回放，
一如水流已殤。
前景瞻望，
應許山高水長。

感慨無限，
好個人生艱蒼。
鳥正啼唱，
哪知世事滄桑？

蛙 鳴悠揚

蛙鳴悠揚，
此物最養汝心腸。
勸君聽唱，
世事暫且忘並放。

清風來暢，
余心欣喜快而爽。
天人無恙，
和諧樂章真無上。

天尚未亮，
間有犬吠二三蕩。
車聲偶響，
市井噪聲擾人腸。

歲如水放，
夏夜正是好時光。
螢蛙交響，
不盡天籟待頌揚。

第二十一卷《青溪集》 曠 意生成

曠意生成，
藍天白雲走紛紛。
紅塵難論，
大千充滿競與爭。

坐定心身，
隨緣任運走青春。
何許心疼？
人生合是命運逞。

淡蕩一生，
不辭清貧心純正。
哦詩秋春，
十萬佳句傾真誠。

何必多論？
實幹才是要緊身。
學海馳奔，
一生心得入詩申。

心 地放曠

心地放曠，
藍天白雲胸內逛。
哦詩千章，
只是余心騁激昂。

歲月平康，
終有風波亦無妨。
暑意囂張，
蟬鳴於我是悠揚。

坐對天蒼，
紅塵一任放萬丈。
小風清涼，
爽我心性郁清芳。

不執既往，
人生合當向前望。
山高水長，
風雨艱蒼又何妨？

我 意昂揚

我意昂揚，
人生原不執軌放。
步履平康，
穿越煙霧與砂障。

暑意任狂，
炎熱正好磨剛強。
心地清涼，
不許名利擾且攘。

眾生奔忙，
物欲恒是引喪亡。
理想之光，
永恆照亮我前方。

此際興長，
哦詩一似流水淌。
蟬鳴長揚，
更似號角催奔放。

心 襟淡泊何所論　　蟬 鳴高

心襟淡泊何所論？
長余白雲飛騰。
世事一任紜與紛，
我且高蹈紅塵。

輾轉歲月未沉淪，
心中清醒三分。
揮淚惜別我青春，
壯歲鐵骨錚錚。

笑口樂開有天真，
心似兒童無爭。
哦詩一發我真誠，
吐盡心地純正。

大千揮舞幻化身，
真假誰辨其紛？
老來世事都不論，
詩書陶我清真。

蟬鳴高，我心發逍騷。
東風好，暑意一時銷。

舒懷抱，哦詩章章妙。
吟不了，此心原清俏。

鳥群叫，歡歌真熱鬧。
市井吵，車聲刺又囂。

情懷傲，放眼向天瞧。
白雲飄，靈妙又輕巧。

哦 詩清巧

哦詩清巧，何必人道好？
素樸蘭草，原合山中老。

世界笑傲，胸中白雲繞。
放眼遠瞧，山水待訪造。

壯歲風騷，雅趣入詩稿。
吐出心竅，是有靈與妙。

陽光普照，蟬鳴朗聲叫。
開懷大笑，百歲任遊遨。

沐 浴清風

沐浴清風，快慰我心胸。
暢意來從，哦詩頗輕鬆。

蟬鳴正濃，暑氣彰且重。
有鳥鳴空，我心欣而動。

感悟從容，人生百年空。
回首如夢，前路山萬重。

笑對東風，放眼破層空。
雲靄濛濛，紅塵大無窮。

休 憩心腸

休憩心腸，
放飛神采十萬丈。
高天可量，
九洲舉步正安詳。

跨越穹蒼，
真理一生細研訪。
大道奔放，
須憑良知去探望。

清貧無妨，
正直人生多昂藏。
百年飛殤，
壯歲應發剛與強。

窗外風揚，
晴朗滿天好太陽。
我意舒康，
執筆哦詩不停唱。

清 真所向

清真所向，
壯懷長嫋八萬丈。
一天晴朗，
鳥鳴蟬噪雙悠揚。

曾搏狂浪，
而今心平不張揚。
淡放眼望，
天涯煙靄有迷茫。

人生艱長，
百感銘刻眼目間。
一任鬢霜，
壯歲剛正少年仿。

靜定安詳，
潮起潮落待時間。
因緣綻放，
苦旅人生有揚長。

鳥 鳴清純

鳥鳴清純，時雨下紛紛。
寫詩興勝，一篇又競成。

心地雅正，閒散也馨溫。
時當暑盛，逸興有飛騰。

曠懷高呈，知音何處生？
流水叩問，高山無回聲。

淡定平生，清貧陶情真。
此際安神，休憩我心身。

電 閃雷放

電閃雷放，
有多少夜雨待降？
勁風吹蕩，
聽林葉嘩啦作響。

靜坐安詳，
無眠夜我意康莊。
清聽蟬唱，
況還有蛙鼓悠揚。

天地之間，
霎時間變化非常。
人憩其間，
也只能隨遇而曠。

四更無恙，
並沒有大雨傾降。
一篇詩放，
微吐些歲月平康。

南 窗聽得蛙揚　人 生未許騷狂

南窗聽得蛙揚，
北窗聽得蚩唱。
世界美妙非常，
心中感佩無上。

夜風吹來清暢，
空際更有花香。
靜坐淡放思想，
一曲地久天長。

短歌應許清揚，
不必長詩大放。
時間不可費浪，
何必長篇大講？

吾生屆半已亡，
華髮漸染冰霜。
此際不眠長想，
感悟有淚迸放。

人生未許騷狂，
一任你落筆千章。
勸君聽取蛙唱，
長養汝清懷雅量。

夜風清新安詳，
這世界遍佈蚩放。
靜坐內叩思想，
卻也許舒放情腸。

紅塵大千狂蕩，
有幾人明白周詳？
真理默默不講，
孤寂中無人尋訪。

謙卑和氣無妨，
驕傲將惹來禍殃。
人生應許揚長，
胸腹間應可更廣。

清 風吹動

清風吹動，
滿世界盡是虛空。
行步匆匆，
這紅塵大千狂瘋。

靜定不動，
我中心但持中庸。
隨緣而從，
不執曠放我情濃。

淡定從容，
聽鳥語嬌囀嫋風。
哦詩心動，
敞襟懷雲起霞湧。

何懼成翁？
心態正與少年同。
不學蟬誦，
噪噪響焉知窮通。

心 與閑放

心與閑放，
哦出新詩有瀏亮。
清風長揚，
爽意遍佈天地間。

夜靜無恙，
蛙鳴蚤吟雙鼓唱。
我意清曠，
散坐當風敞衣裳。

車聲有響，
呼呼行過走狂猖。
路燈正亮，
色澤黃黃也安詳。

歲月清長，
思憶至此淚雙行。
我意舒爽，
流年似水一任淌。

又聞犬放，
一添清夜情與況。
和諧平康，

天下人民入睡鄉。

天籟清揚，
蟲吟蛙鼓最堪賞。
安樂為上，
何必計較炎與涼？

揮 發慨慷

揮發慨慷，
一任煙雨下蒼茫。
世事滄桑，
化作記憶淡淡芳。

漁樵閑唱，
歷史俱入故紙間。
歲月奔放，
前路尚待奮勇闖。

一曲清靚，
不必遏住雲飛翔。
高歌嘹亮，
只是我心在發揚。

坐定生閑，
放眼世界紅塵蕩。
誰持清曠？
泛舟五湖逐煙浪。

蛩 吟風騷

蛩吟風騷，
徹夜不眠多辛勞。
暑意焦躁，
揮汗如雨舒懷抱。

哦詩何道？
只是心性有高蹈。
清聽蟲叫，
聲聲沁入我心竅。

不言還好，
提起話長如山倒。
當時年少，
不覺已化斑鬢了。

歲月流銷，
大千惟有天難老。
我意清巧，
應隨緣去開口笑。

踏 遍青山人未老

踏遍青山人未老，
起多少英雄懷抱！
此際夜風長來繞，
又聽得蛙鼓蚩叫。

靜定梳心哦詩好，
發感慨長向風拋。
半生已化雲煙嫋，
此際可發點牢騷。

人生難言心曲奧，
長歌動地也蕭騷。
熱血未冷情兒翹，
淡定詩書養豐標。

三更已近人聲少，
路上車行猶未了。
攘攘紅塵是囂鬧，
何必傷心淚流拋？

不盡心弦彈訣竅，
世事任他幻化巧。
大千只是因緣造，
一如潮漲恒會消。

應持慧眼觀復照，
識破玄機才算妙。
多言或許未為好，
何不靜默聽蚩叫？

雨 瀉如狂

雨瀉如狂，
遍世界一片交響。
雷電齊放，
這氣勢驚人心腸。

四更之間，
不眠人獨自思想。
情懷奔放，
因暴雨雷電激蕩。

詩意又上，
哦歌出心志清芳。
路燈黃黃，
雨霧中猶自明亮。

靜坐思暢，
懷想起今來古往。
一雷又放，
大千界均起驚惶。

野 蛙競唱

野蛙競唱，
更兼有群鳥鳴放。
雨後清芳，
散步七裡轉眼間。

野外無恙，
遍滿眼清新風光。
草樹競長，
何況有野花芬芳。

我意昂揚，
一曲短詩從心上。
舒出慨慷，
激情抬頭向天望。

紅日正長，
豔陽天又來造訪。
暑意復彰，
惟我心我意清涼。

草 野清芳

草野清芳，
長使我心多快暢。
柳垂不揚，
總賴清風來舒放。

鳥飛無恙，
雲天高曠自由鄉。
我意慨慷，
激發人生有昂藏。

心舒意暢，
遠離市井多奔放。
詩興又上，
哦出心事淡淡香。

睡蓮正長，
粉紅嬌白開水上。
野花競芳，
一使我心大開敞。

休 憩心腸

休憩心腸，
請到田間沐野芳。
群鳥飛翔，
雲天自由舒奔放。

心事廣長，
合向詩中盡情唱。
放飛心向，
張開雙臂暢飛翔。

草間蛋放，
況有鳥語來伴唱。
蛙鼓又揚，
一使余心快且暢。

滿眼青蒼，
自然生境真無恙。
湖波清漾，
釣台散淡是漁郎。

鳥 語嬌暢

鳥語嬌暢，
一使我心襟奔放。
晨風清揚，
好世界煞是涼爽。

有詩要唱，
卻不是舊酒新裝。
揮發慨慷，
總懷有正氣滿腔。

蟬又高唱，
噪噪間天氣晴朗。
暑氣又放，
三伏天合該這樣。

心志舒朗，
豪情激越沖霄上。
勝過炎狂，
我有心性自清涼。

從 心而放

從心而放，
看我志氣真昂揚。
一瓣心芳，
散發縷縷淡淡香。

人生揚長，
步過艱蒼有虹放。
少年銷殞，
壯歲更發我強剛。

煙雲渺茫，
前路長待我去闖。
水色山光，
世界處處妙無恙。

高歌慨慷，
何如靜默淡定放？
一曲清暢，
只是心音向天曠。

有 風曠行

有風曠行，
一時爽意入心襟。
藍天白雲，
緩緩自在飄飛行。

蟬噪無垠，
君子切莫學此品。
聽鳥囀清，
爽我意向泛閒情。

靜坐持心，
願學清風入白雲。
一生雅淨，
豈許俗念凡思行。

寫詩意興，
曠懷舒出何必驚？
我有雅性，
學彈高山流水音。

靜 坐雅思翹

靜坐雅思翹，
發詩舒我情懷抱。
聽鳥囀嬌妙，
世界大千其實好。

中心感豐饒，
出口成章賦精巧。
晨風入心竅，
我意暢達欲長嘯。

歲月是飛跑，
何必作意驚與擾？
靜定最為要，
不執萬緣學雲飄。

花好人亦好，
壯歲長展風與騷。
尚待賦聲高，
百年人生留詩稿。

品 茗香

品茗香，愜意入齒間。
散心腸，閑哦我詩章。

汗微淌，暑意正狂猖。
清風暢，一慰我襟藏。

世界上，有蟬噪噪唱。
鳥不響，躲在樹蔭間。

烈日放，熾熱誰能擋？
三伏間，天地欠清涼。

音 樂漫過我的心

音樂漫過我的心，
周身奔騰激情。
世界大千是緣行，
小鳥正在高鳴。

放曠一生是淡定，
不執共風嫋行。
清真志向冰雪清，
不沾俗世凡情。

流連詩書郁清明，
半生已付水運。
抬頭長望雲天清，
紅塵亦有閒情。

難言心事百感縈，
卻向誰道分明？
哦詩吐出心中情，
恰似山泉清新。

驚 聞晨雞唱

驚聞晨雞唱，
東方又動曙色光。
雀鳥齊鳴放，
況有蛙鼓還在揚。

清風真快暢，
爽我心襟是無限。
閑哦詩數行，
心跡捧出付君嘗。

五更清無恙，
大好晨光待歌唱。
我意也舒揚，
長有萬言欲奔放。

江山無限廣，
青天浩瀚容鳥翔。
前路合高唱，
意氣昂揚奔邇方。

創 意無限

創意無限，
總憑慧巧哦詩章。
一點奔放，
是因靈光閃心間。

生活萬狀，
吾持清心走邇方。
不執既往，
抬頭遠山長曠望。

人生交響，
不似蟬噪一片狂。
清奏樂章，
歡歌一曲和諧放。

夕陽金黃，
送給世界光萬丈。
壯歲蒼茫，
熾熱情懷如火彰。

通 達和平

第二十三卷《青萍集》

通達和平，中心起閒情。
曠懷清明，哦詩具空靈。

蟬鳴正殷，烈日又當頂。
我心靜寧，坐沐彼風清。

歲月芳馨，少年曾倩影。
壯歲紛紜，應持好心情。

何必多鳴？何不靜默行？
學取流雲，飄逸無爭競。

蟬 鳴交響

蟬鳴交響，清風長來放。
我意悠揚，閑哦彼詩章。

暑意縱狂，叵奈我定當。
清心所向，是在水雲間。

紅塵囂猖，誰持清淨腸？
大道奔放，幾人覓玄藏？

自性清涼，不執亦不狂。
捧出心腸，素樸有清芳。

淡 定長揚（之一）

淡定長揚，一種是奔放。
天蒼地廣，我意恒飛翔。

人生夢鄉，清真是所向。
百年時光，如露轉眼殤。

閑哦詩章，共風長嫋揚。
心志徜徉，流雲入心間。

歲月清長，暑意有狂猖。
蟬噪清靚，無機且揚長。

欣 聽鳥鳴

欣聽鳥鳴，心中有高興。
小風閑行，也添爽與情。

一夜清平，晨起漱心靈。
哦詩清新，吐出芳與馨。

歲月水映，提起何必驚？
笑對斑鬢，何必百感縈？

放心去行，飛向山野境。
一似流雲，無機且淡定。

靜 定身心

靜定身心，
雅懷合向高山吟。
坎坷曾經，
而今清暢大步行。

世界煙雲，
任其施凌吾不驚。
大千心印，
點滴人情暖胸襟。

閒散清靈，
哦詩應具天真性。
思緒飛行，
九洲清意余心領。

壯歲何雲？
飽經世事心平靜。
一任緣行，
且放笑臉去相迎。

心 境舒揚

心境舒揚，發詩有流暢。
吐盡情腸，婉轉且奔放。

心傷已忘，舊有化煙殤。
抬眼前方，山水有萬方。

靜夜安詳，余意淡淡放。
一曲瀏亮，奔放自心膛。

情歸何方？心又何所向？
人生無恙，合當慨而慷。

鳥 鳴舒放

鳥鳴舒放，
好叫人百轉情腸。
學他不上，
卻可哦詩吐清芳。

南風來暢，
一使余心情爽朗。
晨光無恙，
牽牛花萬千開放。

心思長揚，
何不揮筆下奔放？
園中徜徉，
紫薇榴花雙綻芳。

世事安詳，
敬祝天和人平康。
歲月和暢，
祈願海內樂無上。

深 夜靜寧

深夜靜寧，爽風吹不停。
車聲偶鳴，蛩吟無處尋。

似有雷行，似有雨將臨。
暑氣經營，希冀降甘霖。

我心均平，早起哦空靈。
人生無縈，難言是心情。

層層相並，展開是無垠。
一顆清心，願共風飛行。

清 風送爽

清風送爽，
我心我意多發揚。
蟬鳴嘹亮，
歡歌曠放天地間。

暑意狂猖，
其奈我心本清涼。
中心舒爽，
哦詩也發我衷腸。

人生曠放，
百年應許清心向。
一任炎涼，
總持慧性走人間。

笑意又漾，
大千紅塵恒鬧嚷。
山河無恙，
奮闖容我慨而慷。

二 更清平

二更清平，偶爾聞蛩吟。
心地靜寧，哦詩添清興。

人聲猶殷，車聲時轟鳴。
隨緣任運，何必鳴不平？

世事如雲，壯歲心堪驚。
斑鬢長侵，我意起沉吟。

胸懷激情，欲向高天鳴。
婉轉詩情，化作水與雲。

總 持淡定

總持淡定，夜色涼爽沁。
一點心情，化作詩閑吟。

少年心境，無處可覓尋。
壯歲心襟，層層波瀾並。

好自驚心，曾搏浪千鈞。
而今悟醒，紅塵是夢境。

笑意復盈，暢我心與情。
哦詩空靈，共風去飛行。

雀 鳥鳴風

雀鳥鳴風，自在得其中。
蟬噪無窮，其意誰能懂？

我意從容，靜坐沐清風。
心緒朦朧，難言情之痛。

人生付風，轉眼蒼鬢濃。
少年笑容，唯在記憶中。

寰宇恒動，人生與緣共。
應許輕鬆，不執化長風。

風 吹樹響

風吹樹響，余心欣而暢。
逸興又放，閑哦一詩章。

蟬鳴清靚，鳥語也玄揚。
車聲狂猖，紅塵鬧嚷嚷。

心氣平常，因緣任其放。
且沐風涼，一舒余心腸。

天地奔放，大道有清揚。
人生其間，天人和而爽。

淡 定長揚（之二）　鳥 語嬌揚

淡定長揚，
欣聽音樂走交響。
暮煙蒼蒼，
晚霞飛紅天晴朗。

大千奔忙，
車囂蟬噪雙狂猖。
人聲鬧嚷，
紅塵氣焰有萬丈。

小風來暢，
開我心襟真無恙。
哦詩短長，
只是吐點清心芳。

歲月清長，
流年飛度煙雲漾。
何必淚淌？
且自清心對滄桑。

鳥語嬌揚，
飛掠走過暮煙蒼。
心情無恙，
長看晚霞璨無當。

蟬猶狂唱，
不知疲倦真堪賞。
有些呆樣，
整日噪放為哪樁？

笑意漾上，
生活噪雜真萬方。
應持清腸，
隨緣流走度辰光。

清風來暢，
提筆賦詩作歌唱。
逸興清揚，
恒欲放飛向山鄉。

冒 雨漫行

冒雨漫行，
一任雨濕衣襟。
浪漫縈心，
詩情又郁心靈。

哦詩空靈，
顯出自己身心。
爽風慰情，
笑意溢出明淨。

人生經行，
幾多風雨雷鳴。
滄桑苦境，
磨礪非凡剛硬。

淡定持心，
任由歲月陰晴。
總持平靜，
隨緣任運穿行。

五 更靜

五更靜，蛩吟堪可聽。
車聲鳴，囂囂刺耳行。

爽風臨，秋意感在心。
清涼境，燥熱去無影。

村犬鳴，偶有晨雞映。
覺心清，哦詩啟空靈。

歲月情，不了銘在心。
持淡定，一任秋春行。

草 野清芳

草野清芳，
藍天有鳥飛翔。
清風和暢，
路旁花樹成行。

野間蛩唱，
聽來一片脆響。
我意悠揚，
散步十里與曠。

朝陽升上，
大好秋光無恙。
喜鵲叫響，
紫燕掠過身旁。

青春奔放，
我有激情要唱。
揮發慨慷，
哦出詩歌嘹亮。

石 榴漸黃

石榴漸黃，不覺秋又訪。
晴天正朗，好風舒清暢。

蟬鳴正響，我意有平康。
散坐清閒，對著窗外望。

白雲飛翔，有蝶掠花間。
群卉爭芳，一鬥短與長。

笑意漾上，生活真無恙。
天蒼地廣，我欲去闖蕩。

鳥 語清揚

鳥語清揚，我心有爽朗。
清風和暢，不盡意洋洋。

聽蟬鳴放，又聞車囂猖。
生活交響，大千是空忙。

吾持定當，清靜走遐方。
一任風狂，一任雨綿長。

壯歲剛強，有淚不輕淌。
笑意清芳，淡定旅滄桑。

聽 蟬交響

聽蟬交響，秋氣又澹蕩。
白雲萬方，隨風悠悠逛。

好自揚長，哦詩放千章。
午後陽光，一似余心腸。

歲月平康，壯歲風骨香。
體道無限，修身無止疆。

前景展望，何懼風雨狂？
山水清長，容我健步放。

東 風浩蕩

東風浩蕩，一清余心膛。
看雲輕淌，流變有萬方。

燥熱漸減，秋氣雜其間。
蟬鳴清暢，聽來吾意揚。

花草成行，賞心真無恙。
流連難忘，最喜石榴黃。

高天曠朗，大千任舒放。
小子心張，欲展雙翅翔。

晚 風吹動

晚風吹動，暮煙又朦朧。
余意從容，哦詩吐心雄。

壯懷凌空，欲跨彼蒼穹。
少年舊夢，仍舊縈心胸。

貴在行動，空言有何功？
步履如風，沐浴滄桑濃。

歲月如夢，斑鬢漸覺重。
聽蟬噪動，激情化長虹。

淡 定長揚（之三）　清 聽蟲吟

淡定長揚，
人生未許慌張。
迎風心暢，
欣賞流雲萬方。

蟬鳴鳥唱，
只是天籟無恙。
車聲囂張，
卻屬噪音狂猖。

心性清涼，
原無俗機凡想。
個性飛揚，
藍天容我暢翔。

婉轉情腸，
哦出詩歌萬章。
知音何方？
孤旅人生情長。

清聽蟲吟，
詩人今夜有心情。
小風吹行，
嫋起不了致與興。

世界驚心，
大千只是糊塗運。
誰持清性？
脫得塵世之俗情。

難言心境，
四十秋春老酒醞。
煥發性靈，
哦出詩歌清復新。

淡持心性，
一任緣行雨與雲。
雅思高吟，
此生合向山中行。

層 雲飛動

層雲飛動，余意感從容。
清風來送，爽志化詩誦。

何謂成功？何謂大不同？
漸老成翁，激情猶在胸。

嚮往駕風，跨鶴向天沖。
嚮往山中，甘作崖上松。

世事如夢，因緣笑談中。
屈指過從，秋意又來動。

難 言心情

難言心情，
曠懷又聽蟬清鳴。
清風來行，
閑聞鳥語囀清新。

悠悠白雲，
飄向天涯自在運。
風過樹林，
清響一片入心襟。

好自開心，
哦出詩歌蘊空靈。
半生風雲，
此際詳和持靜定。

陽光朗晴，
大好江山無限景。
歌樂升平，
九洲黎民歡無垠。

閒 雅是平生

閒雅是平生，
青志曠入水雲紛。
淡定已生成，
一任紅塵翻與滾。

不惑持心身，
坐擁煙霞浪漫生。
緩步以平正，
躁急未合修清真。

抬眼雲煙呈，
清聽蟬鳴爽意剩。
小風來慰問，
初秋天氣展清純。

哦詩發真誠，
一曲何必動地逞？
汗流我全身，
未減心情興致勝。

閑 聽蟬唱

閑聽蟬唱，
秋來一種天氣爽。
好風清暢，
我中心意得平康。

心去何方？
悵情懷孤旅清長。
獨叩心房，
應有淚暗自流淌。

四十風霜，
老我以斑鬢初蒼。
而今秋光，
卻一派大好澹蕩。

眉須展放，
前路一任山水長。
眼應放光，
靈思慧想入詩章。

清 風來爽

清風來爽，
喜迎秋意共風暢。
又發意向，
提筆作詩舒奔放。

好自昂揚，
人生合當慨而慷。
一任炎涼，
定定當當走沙場。

笑意應放，
且聽林間鳥鳴唱。
詩意曠朗，
天人和合真無恙。

淡定長望，
天際雲煙多渺茫。
我有理想，
恒欲展翅平天翔。

喜 鵲叫響

喜鵲叫響，
一使余心欣然向。
群鳥和唱，
更添孟秋好晨光。

朝陽東上，
但見晨靄漫蒼蒼。
小風清揚，
喜見園中花草芳。

流年平康，
歲月何計桑與滄？
應使心強，
壯歲長驅萬里疆。

心想歌唱，
一曲小詩婉轉放。
嚮往飛翔，
高天雲海容徜徉。

天 靄茫茫

天靄茫茫，
欣聽二胡動清響。
又聞鳥唱，
東天升起彼朝陽。

歲月滄桑，
盡入管弦化淒涼。
應取奔放，
人生未可溺悲傷。

吾心定當，
清走生涯有詩唱。
淡立蒼黃，
一任緣起復退藏。

小風清涼，
爽意從心一曲放。
清懷慨慷，
漫步大千志剛強。

蟬 鳴響亮

蟬鳴響亮，
哦歌一曲多歡暢。
激情奔放，
天地為之爽且朗。

我意昂揚，
清懷恒是向天曠。
高天清涼，
願展雙翅水雲間。

曾經苦傷，
而今不復回頭望。
前路慨慷，
英雄定志奮發闖。

秋氣初彰，
小風來宜余欣向。
展紙舒放，
短詩嘹亮謳清揚。

笛 音破空

笛音破空，
淒清一使余心痛。
暮蟬鳴風，
噪雜滿耳嗡嗡嗡。

世界如夢，
千古化入煙雲中。
回首淚湧，
少年倩影難相逢。

車聲囂動，
大千鬧嚷由來同。
誰持輕鬆？
一任緣起嫋如風。

獨立心雄，
曠宇容我飆長空。
願起大風，
輕展羽翼勝大鵬。

秋 蟬長鳴

秋蟬長鳴，
破空傳來清音。
爽風經營，
白雲漫天飛行。

雅持心靈，
寫詩舒發情境。
淡泊靜宿，
原不輕易爭競。

高懷誰明？
合當山野草青。
素志澄明，
不容雜質擾侵。

半生水行，
放眼覽盡陰晴。
展翅飛鳴，
遠勝鵬之逍雲。

清 雅持心

清雅持心，
一任紅塵紛紜。
大千夢境，
幾人能夠清醒？

蟬噪無垠，
天上白雲飄行。
園囿芳情，
可愜我意我心。

清風來迎，
靜坐遐思空靈。
哦詩清俊，
合是舒出性情。

輾轉生平，
曾經雨淒風勁。
悠聽鳥鳴，
我意曠朗清明。

金 風送爽

金風送爽，
見架上扁豆花放。
牽牛最靚，
萬千喇叭齊張揚。

鳥囀嬌嗓，
似訴新秋好辰光。
余意舒暢，
閑哦一曲吐心芳。

歲月揚長，
流年更換未須慌。
一任鬢霜，
一任老態漸來訪。

志氣昂揚，
不屈人生向天曠。
學鳥飛翔，
遠天正有水雲鄉。

喜 鵲叫響

喜鵲叫響，
一使余心欣與暢。
清風來航，
好個快意天地漾。

坐定舒放，
應許一曲多嘹亮。
心思彈唱，
幽幽合有蘭蕙芳。

世界玄黃，
大千妙舞真奔放。
人生慨慷，
恒欲奮翅平天翔。

轉思之間，
終有苦痛成過往。
心花應放，
朵朵開向山野間。

最 喜牽牛浪漫

最喜牽牛浪漫，
喇叭萬千開展。
並非吹牛打扮，
實因熱情放綻。

秋風勁吹塵寰，
爽意清涼安然。
散步逸懷清淡，
又聽蛩吟鳥濺。

知了鳴風高喊，
蝙蝠迴旋翩翩。
湖水清起波瀾，
我心激情揮散。

哦詩和緩清彈，
有時慷慨迸綻。
大千惹我情潸，
紅塵優遊散淡。

陽 光與霧同放

陽光與霧同放，
有汗微微沁淌。
身心一片歡暢，
哦詩激發慨慷。

生命激流奔放，
人生何必匆忙？
還是定定當當，
學海深潛研訪。

壯歲又發剛強，
抬眼萬里煙蒼。
喜鵲枝頭叫響，
秋來天地清曠。

不惑歲月淡蕩，
天命引頸瞭望。
終有風罵雨狂，
步履不可阻擋。

聽 蟬鳴閑品茗　　感 從心上

聽蟬鳴閑品茗，
哦詩吟空靈。
秋來信金風行，
爽意盈心襟。

心甫映春天景，
不覺秋又臨。
少年情付煙影，
長嗟我雙鬢。

淡蕩行高聲鳴，
願學雁凌雲。
百感沁倍傷心，
婉轉入詩吟。

靜身心吐氣清，
浩志入雲嶺。
壯懷盈鼓雄心，
恒欲去飛行。

感從心上，
何所哦歌何所唱？
晨靄茫茫，
又聽蟋蟀盡情放。

人生無恙，
總憑正義走遐方。
一點熱腸，
荷擔道藏有揚長。

秋來清涼，
天地爽風送清暢。
靜坐安詳，
思議如水不停淌。

何必心傷？
請看牽牛萬千放。
笑意應揚，
吾生百年是緣逛。

湖 上鎖秋光

湖上鎖秋光，碧柳飄揚。
蟲吟不住唱，滿耳清響。

晨鳥叫林間，歡樂無羔。
煙波水面漾，流連難忘。

月華猶在上，無限清涼。
散步悠且閑，十里旋將。

哦詩盡情暢，一曲清揚。
回家興清長，紅日正上。

秋 高氣爽

秋高氣爽，窗外遍陽光。
金風和暢，中心喜平康。

哦詩揚長，一曲從心放。
前路康莊，應許笑意揚。

縱有險艱，吾何懼彼蒼？
奮力前闖，不屈是為上。

壯歲淡蕩，遠辭名利場。
散發休閒，其樂真無上。

秋 氣和平

秋氣和平，心地多靜寧。
哦詩舒情，閑放心與性。

遠看閑雲，金風走清新。
大千曠運，幾多緣之行！

歲月分明，勞我思之勤。
一點心印，長向詩中吟。

不執空靈，我似風與雲。
百年奮進，詩章凝心情。

心 事平靜

心事平靜，哦詩應不停。
朗朗天晴，有鳥正嬌鳴。

秋來淡定，藍天走白雲。
學風清新，曠懷入詩吟。

笑意滿襟，大好人生景。
渴望飛行，長空青無垠。

世事分明，一任緣之行。
總持空靈，穿越陰與晴。

月 華既明

月華既明，清夜響蛩吟。
爽風清新，不寐哦詩行。

心境淡定，人生荷清靈。
一任緣行，合當作飛鳴。

曠我情興，舒我心與靈。
靜坐思紜，遐思付誰領？

四更夜靜，天籟起空靈。
清我肺心，人如玻璃瑩。

長 思無窮

長思無窮，
一點心得入詩誦。
夜靜沐風，
欣聽秋蛩響呢嚨。

名利何功？
只是擾人以蠢動。
山野輕鬆，
長有松風鳥鳴空。

曠懷長動，
願展羽翼趨彩虹。
情性所鐘，
恒是英雄唱大風。

此際夜濃，
時近三更梳心胸。
詩意來從，
一篇激發慷慨中。

天 色蔚藍

天色蔚藍，金風走塵寰。
心境散淡，閑哦詩興綻。

何所言談？何必多遺憾？
隨緣而展，我心原浪漫。

坐定身安，帶笑平目看。
大好河山，遠天夕煙翻。

半生水泛，只余額上斑。
壯懷起瀾，詩中長浩歎。

心 事綿綿放

心事綿綿放，長對秋陽。
金風正送爽，我意清涼。

往事何必想，應取奔放。
前路正遠長，策馬縱狂。

風景是無限，流連難忘。
英雄志兒剛，一生激昂。

坐定心兒閑，逸興清揚。
哦詩有馨芳，心香暗蕩。

長 思奔放

長思奔放，達致靈妙疆。
笑意昂揚，一任秋蒼涼。

輾轉桑滄，只余心之創。
而今安詳，而今心平曠。

壯歲揚長，仍須向前闖。
欲搏天蒼，欲效鵬之翔。

坐定舒腸，發詩也瀏亮。
天際煙蒼，引我嗟深長。

秋 風曠朗

秋風曠朗，朝陽正東上。
晨靄茫茫，我心發歌唱。

歲月清長，激情仍蕩漾。
我意芬芳，入詩歌嘹亮。

鳥啼綿長，生活是交響。
一點情腸，悠悠復揚揚。

當年難忘，情積有幾倉？
抬頭長望，前路煙雨蒼。

笑意應揚，人生如花放。
不屈之間，荷負理與想。

淡淡蕩蕩，何必執意向？
隨緣奔放，百年一文章。

心 地清明

心地清明，人生且多情。
曠懷清映，天良恒在心。

落葉不鳴，飄逝彼生命。
秋深氣清，余心懷清醒。

哦詩空靈，吐出情與性。
灑脫身心，飄逸似白雲。

吾生淡定，樂與緣同行。
百年生命，如夢如幻影。

清 夢依稀自生成

清夢依稀自生成，
余有雙淚痕。
晨起霧靄迷眼昏，
未聞啼鳥聲。

難言心中一種疼，
大千向誰論？
輾轉秋春費精神，
額上聚霜紋。

高歌一曲向天申，
曠意合高遑。
世界只是因緣生，
波上應行穩。

紅塵漫捲名利身，
誰向雲中遁？
孤旅人生未消沉，
中心持清純。

林 羽斑蒼

林羽斑蒼，心地感興長。
散步悠閒，一發詩情況。

北風蕭涼，清新好爽朗。
人在畫間，景致真堪賞。

笑在心膛，筆下如水放。
哦出清腸，哦出心性芳。

人世桑滄，壯歲取平常。
不必怎樣，淡淡度時光。

初 冬誰把落葉掃

初冬誰把落葉掃？
心性且高蹈。
迎著斜暉開懷笑，
放飛我逍遙。

壯歲心境晴且好，
風雲覽盡了。
學海沉潛心得饒，
詩章舒風騷。

淡泊名利一生瀟，
清貧免不了。
素志清澄仰天嘯，
雲深鶴飛緲。

山水情懷持心竅，
田園胡不好？
菊花滿籬開正俏，
閑吟南山稿。

品 茗清芳

品茗清芳，怡養腑與臟。
逸興清揚，閑哦我詩章。

放眼長望，天際雲煙茫。
冬來蕭愴，四野有荒涼。

心興猶芳，不執人世間。
叩道揚長，心得入詩唱。

百年時光，幾多艱與蒼？
兼程前闖，風雨無法擋。

一 舒志向

一舒志向，向誰道短長？
青天無疆，可容我奔放。

浩志清揚，直入青霄上。
盪氣迴腸，情思宜清唱。

壯歲坎蒼，不必回頭望。
前路奮闖，風雨是尋常。

哦詩有芳，眼目放光亮。
山水萬方，風景真堪賞。

鳥 語清芳

鳥語清芳，婉轉且悠揚。
散步興曠，落葉飄復翔。

紅日東上，晨靄起茫茫。
大千之間，名利正狂猖。

吾持清向，不執隨緣放。
哦歌心香，帶點感與傷。

應取昂揚，應取奔與放。
前路遠長，矢志長步量。

雲 天茫茫

第二十八卷《天真集》

雲天茫茫，
浩瀚心事對誰講？
欣聽鳥唱，
我心我意感舒暢。

當年回想，
心中激起千重浪。
放眼前望，
山水萬方宜觀賞。

人生無恙，
陰晴圓缺是尋常。
輾轉桑滄，
惜乎斑鬢上臉龐。

清風來爽，
漱我心田溫且放。
哦歌揚長，
一曲向天舒慨慷。

夕 照頗安詳

夕照頗安詳，
此時正好舒思想。
賦得詩與章，
注入情思向天曠。

靜坐抬頭望，
落日散發金與黃。
品茗口齒香，
品嘗生活意洋洋。

壯歲甘平常，
回首曾起驚天浪。
淡泊叩道藏，
點滴心得入詩間。

故事煙雲放，
大千廣宇紅塵攘。
寂寞觀世相，
奈何緣字肆狂猖？

少 年入夢間

少年入夢間，
往事不堪回放。
而今取昂揚，
我志依然奔放。

展眼天蒼蒼，
大地盡顯茫茫。
前路萬里長，
矢志奮力勇闖。

發奮當圖強，
男兒心在遠方。
雄鷹向天翔，
松在絕壁生長。

自由堪謳唱，
人生須有理想。
提劍平目望，
心胸百倍開張。

輾 轉心胸

輾轉心胸，
浩歌清出入長空。
一生從容，
不入名利之罟中。

輕輕鬆鬆，
散淡哦詩情懷動。
觀雨吟風，
漁樵與我是友朋。

靜坐思聳，
亙古原來合一夢。
誰能讀懂？
歷史煙雲飛朦朧。

荷道凝重，
長揚雲帆搏蒼穹。
鵬翅凌空，
萬里山風伴我從。

奮 發志向貞且剛

奮發志向貞且剛，
總持清新芳。
平步人生入雲翔，
一發我慨慷。

何必哦歌向天曠？
我且守清閒。
情懷清淡緩緩唱，
節奏頗悠揚。

冬來北風吹寒涼，
室內暖洋洋。
安安詳詳度辰光，
守我中心藏。

一生荷負艱與蒼，
而今履平康。
風雲歷盡是平常，
一笑對桑滄。

清聽笛聲掠雲響，
志入彼穹蒼。
和煦陽光灑人間，

155

普天慶歲穰。

三九嚴寒未狂猖，
我意頗歡暢。
胸襟恒是放長想，
希冀春風蕩。

清 意發揚

清意發揚，人生賦慨慷。
坐定舒腸，一聽鳥清響。

朝陽東上，漫天是晴朗。
和風清爽，我意頗清揚。

胸懷清暢，哦詩發揚長。
壯歲坎蒼，何必多言講？

前路展望，願放雙翅翔。
高天穹蒼，雲霞舒萬方。

無 思無想

無思無想，靜坐頗安詳。
品茗清芳，悠閒度時光。

人生揚長，曾履艱與蒼。
而今定當，一笑還清揚。

舒我心腸，哦詩吐慨慷。
曬曬太陽，心境是敞亮。

嚮往飛翔，嚮往天涯間。
嚮往奔放，嚮往激與昂。

心 境悠揚

心境悠揚，
詩書平生哦復唱。
又對斜陽，
一任朔風吹勁爽。

何懼寒涼？
天冷會有梅花放。
三九時間，
正好磨礪意志剛。

我意揚長，
週末閒暇思競暢。
歷史流殤，
只是故事漁樵唱。

人生既壯，
遠辭青春不復講。
老將來訪，
前路尚待邁慨慷。

夕 陽又放燦爛光芒

夕陽又放燦爛光芒，
我的心中熱情蕩漾。

散步興曠田野清芳，
欣聽喜鵲喳喳叫響。

淡淡紅霞西天鋪張，
暮煙漸起天靄微上。

但見路人來往熙攘，
市井故事每日演唱。

遠行數裡心興奔放，
得汗微漾詩意湧蕩。

哦歌揚長恒求清暢，
天人之間大道玄揚。

緩步行來身心安詳，
天地之間容我思想。

清風吹拂寒氣微狂，
神氣清爽意志昂揚。

寫詩真是引人興曠，
反覆謳歌流連難放。

只得停筆不再舒揚，
免得費人寶貴時間。

一　群白鴿飛翔

一群白鴿飛翔，
剪影掠過天蒼。

我心頓生渴望，
希冀展翅遨翔。

天空多麼明朗，
萬里盡顯舒暢。

人生應該這樣，
自由並且奔放。

此生已近斜陽，
霜華新新漸長。

展眼向天瞭望，
夕煙又起遠方。

散步心興清曠，
嗅得郊野馨芳。

落日西天返光，
哦詩一曲安詳。

男 兒志雄壯

男兒志雄壯，
恒欲曠飛萬里翔。
山水有徜徉，
一路風光真無限。

學海深潛航，
一點心得淡淡芳。
雅哦我詩章，
或有慧意幽蘭香。

四九寒正當，
晨起鳥兒有清唱。
藍天青無恙，
朝陽射出清新光。

我意頗昂揚，
坐定閑放我思想。
激越賦慨慷，
詩意暢發舒中腸。

奮 展心襟

奮展心襟，
哦出嘹亮入層雲。
斜暉清映，
閑看天靄迷漫行。

我心鎮定，
穩操舵把向前進。
繞過礁群，
豈懼狂風惡浪並？

坐定身心，
壯歲覽盡滄桑境。
慧目朗明，
大千坎坷等閒迎。

學習雄鷹，
不屈不撓持本性。
鵬翅經營，
萬里雲天轉眼臨。

暮 煙蒼蒼

暮煙蒼蒼，
余心余意感蕭涼。
散坐清閒，
又放雅情哦腑臟。

一生慨慷，
舒出激情放萬丈。
學思雙揚，
點滴心得入詩間。

少年夢想，
幾多存留在心膛？
不執奔放，
前路揮灑我慨慷。

壯歲狂猖，
矢志一曲大風曠。
荷擔艱蒼，
豈懼困難萬千彰？

天 靄蒼茫

天靄蒼茫，
靜坐平目閒眺望。
世事桑滄，
歷史煙雲滾滾揚。

誰持激蕩？
高歌一曲曠清暢。
誰秉安詳？
履世一笑懷清揚。

心事徜徉，
百感俱上難細講。
縱哦百章，
也難舒發心性昂。

奮向前闖，
山水險惡並無妨。
風景堪賞，
奔放人生美無恙。

坐 定舒情

坐定舒情，詳和心地盈。
人生奔行，艱辛何必雲？

大道清運，其機幾人明？
歲月紛紜，壯歲嗟斑鬢。

笑意應盈，長驅前路行。
無機心境，胸襟懷白雲。

放懷高吟，不必動地驚。
清心明性，雅潔是心靈。

合 當高吟

合當高吟，吐出心與靈。
歲月分明，老我以斑鬢。

立春將臨，余意欣欣馨。
嚮往清明，嚮往草野新。

五九正行，爽風吹清勁。
哦詩何雲？斑斕是心襟。

清眼看雲，暮煙漸漸凝。
曠懷清映，持正慷慨行。

矢 志昂揚

矢志昂揚，
一生所驅是奔放。
淡淡蕩蕩，
煥發心性作詩章。

夕陽金黃，
遠處正有歌聲唱。
清風送爽，
大千世界啟安詳。

靜坐舒腸，
我欲拋出情萬丈。
興致慨慷，
詩句散發清心芳。

生活安康，
不執無機履揚長。
正直心腔，
清持大道曠飛翔。

一　生曠朗

一生曠朗，
心性恒是堅強。
書寫華章，
譜出余之心向。

淡淡蕩蕩，
宇宙何所包藏？
執眼長望，
天際只是煙蒼。

笑口應敞，
前途明辨方向。
矢志向上，
學識積澱無量。

智慧何方？
我要盡力尋訪。
大道清芳，
是我畢生冀望。

清 揚奔放

清揚奔放，
清聽淮劇心爽朗。
闔家安康，
更有笑聲真昂揚。

春節期間，
七天休假情舒暢。
鞭炮囂響，
海內升平奏樂章。

新春展望，
前路揮灑我慨慷。
矢志向上，
不折奮搏煙雨蒼。

夜黑燈亮，
窗外細雨潤田間。
新芽待長，
曠意東風正浩蕩。

春 禽鼓蕩

春禽鼓蕩，
成群掠過天蒼。
波光蕩漾，
湖上水氣茫茫。

散步放曠，
清風吸入肺腸。
哦詩揚長，
舒出心性清芳。

有汗微漾，
何妨敞開胸膛？
新芽茁壯，
迎春行將開放。

麻雀噪唱，
引我心旌奔放。
放眼瞻望，
和氣盈滿寰間。

雪 滿乾坤

雪滿乾坤，
琉璃世界裝成。
興致倍生，
哦詩更吐精誠。

春寒正逞，
清風卻不惱人。
推窗頸伸，
但見滿眼清純。

靜坐思深，
應許曠意生成。
我欲飛奔，
覽遍大千紅塵。

應堆雪人，
應乘雪橇馳奔。
佳景難呈，
應攝照片珍存。

大 好春光

大好春光，
喜聽群鳥齊鳴唱。
朝陽東上，
天際晨靄茫茫漾。

清風和爽，
樂在中心入詩章。
靜坐思閑，
好個散淡之襟腸。

人生無恙，
發奮鼓勇往前闖。
名利辭放，
一生清貧曠飛翔。

笑意展放，
胸懷正氣誰能擋？
天人之間，
大道由我去尋訪。

笑 意展放

笑意展放，
矢志追求理想。
人生揚長，
伴我鳥語花香。

縱有狂浪，
正好搏擊艱蒼。
大千奔放，
容我奮發向上。

人生不長，
思此有淚流淌。
寒暑流蕩，
紅塵滾滾濁浪。

敞開胸膛，
春意煥發人間。
雙展翅膀，
一路高歌昂揚。

踏 春尋芳

踏春尋芳，南風正吹曠。
碧草新長，又見柳絲揚。

淥波蕩漾，湖水平如掌。
有人照相，有人釣魚閑。

聽鳥歌唱，余意舒且暢。
眾花齊放，紅白並金黃。

朝陽在上，春光是無限。
有汗微漾，敞開春衣裳。

我 意舒朗

我意舒朗，哦詩展揚長。
歲月奔放，春光真無恙。

好個情長，好個春風蕩。
好個花香，好個鳥清唱。

春景流芳，我欲曠意向。
渴望飛翔，藍天自由暢。

壯歲安康，詩書郁心香。
放眼瞭望，野鳥掠青蒼。

又 見波平如掌

又見波平如掌，
淥水閃射清光。

有人撒網正忙，
有人散步悠閒。

春意和藹無恙，
暖風吹人心曠。

詩句從心湧上，
歡歌應許流暢。

歲月展現清芳，
野花開得嬌靚。

最喜碧柳垂放，
淡煙籠罩遠方。

笛 聲清靚

笛聲清靚，
開我胸襟真無限。
清風來逛，
我心我意好舒揚。

歡歌奔放，
春光美好難言講。
鳥語花香，
大好山河漾苗壯。

欣欣意向，
我欲哦詩上萬行。
共風飛翔，
出得寰宇自由航。

婉轉情腸，
總被清笛撩而蕩。
一點嚮往，
是入青山碧水間。

閑 思清翹

閑思清翹，出得九重霄。
品茗神逍，又哦南山稿。

歲月遙飄，賜我斑鬢老。
壯歲長嘯，天地起狂飆。

清和最好，開著花與草。
陽光美妙，清風來嫋嫋。

多言不好，靜默方為高。
天意寫照，請聽鳥鳴叫。

天 和人詳

天和人詳，海內樂平康。
淡定之間，不覺仲春放。

月季開放，好個嬌模樣。
雲飛風翔，有鳥斷續唱。

心興邅方，詩意漾心上。
恒想歌唱，恒想展翅膀。

高天廣長，和藹陽光靚。
天人無恙，自然暢交響。

晚 風清涼

晚風清涼，吹得人心曠。
宿鳥歸航，遠天暮煙蒼。

此際安詳，闔家是平康。
淡淡蕩蕩，生活該這樣。

安穩守常，清平度時光。
流年任往，何必嗟鬢霜？

笑意浮上，春光不盡放。
心襟敞靚，哦詩具嘹亮。

青 靄茫茫

青靄茫茫，
散步心與清曠。
聽鳥歌唱，
迎風情意舒揚。

有汗沁淌，
快意從心發暢。
春意奔放，
花紅柳綠人間。

小調微唱，
心中充滿嚮往。
高飛遠航，
直插穹天雲蒼。

晨霞明靚，
世界灑滿陽光。
詩意湧上，
一曲盡情謳放。

情 思纖巧

情思纖巧，長共風同嬝。
春濃歲好，曠聽鳥鳴叫。

坐定舒竅，好個難言道。
千種情拋，放飛天涯繞。

虛心不傲，坦坦學長嘯。
天高晴好，遐思出層霄。

壯歲風騷，詩書郁懷抱。
展眼長瞧，天際煙靄緲。

春 晨晴好

春晨晴好，遠天淡靄緲。
雀兒鳴了，清風爽懷抱。

身心清俏，哦詩倩復巧。
歲月豐饒，園中盛花草。

鳥飛天高，自由搏浩渺。
我心飄飄，嚮往萬里遙。

山水不老，引我寄情竅。
友漁朋樵，歸田胡不早？

清 意舒揚

清意舒揚，欲共鳥同翔。
身心下放，何地不愾慷？

淡淡蕩蕩，春景堪欣賞。
情懷曠暢，欣聽竹笛響。

午後陽光，晴和天正朗。
東風浩蕩，安詳吾清享。

壯歲斑蒼，悠思向天放。
哦詩閑唱，隨意流與暢。

白 雲飄蕩

白雲飄蕩，欣聽喜鵲唱。
坐定悠閒，我心曠且朗。

春意昂揚，萬物生機放。
和煦朝陽，灑在心田上。

前景瞻望，邁步愾而慷。
展眼青蒼，意興有飛揚。

關山莽蒼，容我多奔放。
笑意清長，哦詩嘹與亮。

天 微明

天微明，散步行。
長吸清風入肺襟，
又聞鳥清鳴。

懷意興，哦心情。
一篇新詩脫口吟，
不盡空與靈。

草青青，柳溫馨。
大好春光中心映，
天地總含情。

持清平，我高興。
飽覽春色璨如錦，
人間勝仙境。

舒 散心腸

舒散心腸，笑對東風暢。
天和氣朗，海內樂安詳。

有鳥啼唱，有花正開放。
有雲飛翔，有柳飄且蕩。

天涯長望，我意頗健康。
嚮往闖蕩，踏遍關山障。

田園之間，可寄我清向。
山水無恙，流連應難忘。

心 思平曠

心思平曠，
欣聽笛音清靚。
坐定舒腸，
又聞鳥語花香。

清風浩蕩，
窗外灑滿陽光。
藍天廣長，
清純引人遐想。

歲月流芳，
春意洋溢人間。
老將來訪，
我意仍荷慨慷。

笑意應暢，
揚長且步遐方。
宇宙無限，
大道清正昂揚。

聊 發詩興狂

聊發詩興狂，春光謳唱。
杏花潔白芳，飄揚暗香。

東風長浩蕩，吹人心曠。
午後坐定閑，悠悠心向。

籠鳥又鳴放，宛轉情長。
喇叭刺耳響，車行狂猖。

生活是交響，變奏瞬間。
宇宙清無恙，天人和詳。

坐 定休閒

坐定休閒，仰看天青蒼。
時光水淌，春已過半殤。

內視心鄉，平和復坦蕩。
哦詩昂藏，有點清新芳。

身涯悲壯，履歷桑與滄。
一笑清暢，我心原慨慷。

持正貞剛，不屈往前闖。
山水遠長，風景流連忘。

坦 然平靜

坦然平靜，東風曠而清。
春意溫馨，余意懷雅寧。

安坐寬心，無事縈胸襟。
有鳥嬌鳴，有花開清新。

青天無雲，斜暉正清映。
寰宇清平，海內樂無垠。

世事縈縈，繁雜總須屏。
務使清心，浩潔若白雲。

雲 天爽朗

雲天爽朗，心情多激蕩。
嚮往遐方，天際曠飛翔。

春來無恙，好風及時暢。
喜看花放，喜聽鳥歌唱。

坐定安詳，內視襟與藏。
淡淡有芳，哦詩頗揚長。

小有愁悵，應拋去遠方。
山水清光，可寄我心腸。

世 事平曠

世事平曠，任緣走奔放。
山高水長，前路履艱蒼。

笑容應放，不畏險與艱。
淡定情腸，婉轉發歌唱。

風吹淡蕩，柳絲清輕揚。
春和時光，應許情舒暢。

不計舊往，前路奮發闖。
詩書馨香，養我騷雅芳。

鳥 語喧唱

鳥語喧唱，清和天涯間。
春風來蕩，我意起悠揚。

身心平曠，無機真清揚。
眼目清靚，遠視淡靄放。

笑容無恙，心襟持坦蕩。
奮發向上，矢志有貞剛。

不屈頑強，逆水也須上。
大道無疆，指引我前往

心 事平靜

心事平靜，
五更早起持清明。
北風呼行，
偶聞遠犬二三鳴。

凌晨溫馨，
聽得時鐘滴答行。
雅潔盈心，
又哦新詩啟空靈。

歲月飛行，
壯歲斑鬢心猶殷。
大好前景，
仍當奮發鼓勇進。

坐定舒情，
胸懷世界滌蕩境。
風雨當鳴，
喚起萬物生機行。

雅 潔持心

雅潔持心，
詩句脫口具清新。
一點空靈，
為因心地清如雲。

冰操貞靜，
不入俗世之閒情。
大道推行，
君子荷德秉正鳴。

世事紛紜，
風雨兼程馬不停。
小有才情，
守拙清貧不辭屏。

當展雄襟，
浩志如雲似山嶺。
眼目清明，
識透萬里之浮雲。

奮發進行，
鵬翅長驅萬里境。
不作高鳴，

低調做人踏實進。

光陰飛行，
惜時如金務用勤。
一生耕耘，
終有收成倉滿盈。

人 生應許慨慷

人生應許慨慷，
邁步向前奮闖。

一任山高水長，
何懼風雨艱蒼？

正值壯歲時光，
冷眼看穿世相。

天地無限曠朗，
儘管高歌猛唱。

此心此意昂揚，
升達九天雲間。

不入名利羅網，
清貧無妨揚長。

清聽小鳥嬌放，
心境十分舒暢。

窗外風正吹狂，
考驗無限春光。

詩 興又上

詩興又上，
況對東風吹浩蕩。
佳句來翔，
捧出心境翻飛揚。

鳥在歌唱，
大好春光無法講。
花正開放，
淡淡幽香入肺間。

世事奔放，
總持清涼不炎狂。
謙謙心向，
是慕田園並山莊。

心想歌唱，
不如哦詩十萬行。
藍天無恙，
欣看晨鳥飛揚長。

晨 風微涼

晨風微涼，
靜坐斗室心舒爽。
萬千春光，
又見柳揚杏花放。

鳥囀清揚，
契我心意暢奔放。
紅日東上，
人間喜沐彼恩光。

感興揚長，
生活嘈雜奏交響。
欣然意向，
隨緣履歷任炎涼。

世事桑滄，
淡定青眼平目望。
雲煙蕩漾，
流變萬方走道藏。

欣 欣有意向

欣欣有意向，
春來余心有鼓蕩。
散步心性芳，
鳥語悠揚漾心間。

天氣正晴朗，
清風和拂柳絲揚。
碧野青無恙，
藍色草花最清爽。

曠意欲飛翔，
萬里長天由我逛。
嚮往天涯間，
山水流連寄心腸。

我有詩要放，
一曲清揚大風唱。
獨立原無雙，
青眼慧意入雲間。

和 風清暢

和風清暢，
推窗飽覽春無限。
藍天晴朗，
更有野鳥曠飛翔。

坐定思想，
半生已放水流殤。
前景瞻望，
我有青志慨而慷。

學海帆揚，
點滴心得入詩唱。
大道清揚，
無跡可求惟心詳。

生活淡蕩，
總持心境平與康。
一任炎涼，
世事桑滄是平常。

藍 天白雲飛翔

藍天白雲飛翔，
小鳥傾心歌唱。

無限大好春光，
盡我謳歌讚揚。

湖水碧波蕩漾，
音樂噴泉開放。

水柱妙曼異常，
使我心襟舒暢。

清聽音樂交響，
我意蕩起浮想。

詩意從心湧上，
溫馨腹內流淌。

雲 往西淌

雲往西淌，東風吹浩蕩。
柳舞花芳，美景漾人間。

散步悠閒，七裡一時放。
清意無限，和藹遍寰壤。

迎著朝陽，沐浴彼春光。
聽鳥嬌唱，我意起清揚。

天地平曠，歡樂上心膛。
惜時務講，流年如水殤。

人 生情長

人生情長，長共風嫋揚。
春意奔放，我有好心腸。

哦詩數行，舒出心性芳。
陽光暢朗，清和天地間。

清聽鳥唱，清聽笛音放。
遍眼畫廊，遍眼春無恙。

興致高漲，奏出慨而慷。
前路奮闖，萬里鼓勇上。

雲 天萬方

雲天萬方，
好風盡情吹狂。
又對斜陽，
小鳥清唱無雙。

世界之上，
正值春光流暢。
坐定安詳，
詩意盈滿胸膛。

坷坎應忘，
前路奮發慨慷。
歷史流殤，
只是故紙文章。

激情發揚，
欲譜萬千詩行。
清懷暢想，
亙古溶入中腸。

舒 我奔放

舒我奔放，哦出我揚長。
悠悠心向，是在天涯間。

小鳥清唱，使我情悠揚。
歲月安詳，春光真無恙。

笑意應長，壯歲任斑蒼。
何懼老訪？我心持淡蕩。

流年任往，桑滄漁樵唱。
煙雨滄浪，一笑且清揚。

雨 後野花芳

雨後野花芳，
小鳥欣然唱。

菜花開金黃，
粉蝶翩躚揚。

空際青靄漾，
散步心性曠。

麻雀掠地翔，
柳綠碧水旁。

湖水清無恙，
細漣平如掌。

南風吹清暢，
我意舒而閑。

繞湖一圈放，
蒲草已青蒼。

欣欣春意向，
萬類競生長。

世 事流放

世事流放，老我以桑滄。
淡定意向，是入山水間。

清平春曠，草野萋萋長。
心境悠揚，閑哦我詩章。

話不妄講，只是舒情腸。
仰看天蒼，清風吹浩蕩。

好個揚長，欣聽鳥清唱。
寰宇和詳，人民得安康。

談 吐慨慷

談吐慨慷，捧出心為上。
笑意昂揚，正值春光暢。

好風來放，好鳥宛轉唱。
好花開放，好個春無限。

寰宇和漾，生機騁奔放。
欣看草長，欣看碧野芳。

流年飛殤，壯歲已斑蒼。
一笑清揚，心花朵朵放。

內 叩身心

內叩身心，
萬千狂濤心不驚。
淡淡定定，
曠放情志共風行。

當學雄鷹，
搏擊雲天入滄溟。
萬里曠進，
風雨兼程好心情。

世事如雲，
隨緣而去且清心。
一任晴陰，
太陽終當射光明。

此際靜定，
層波不起有清明。
慧意當行，
長哦詩意發空靈。

日 出燦無當

日出燦無當，霞光萬丈。
小鳥囀萬方，東風浩蕩。

喜見桃花放，如錦模樣。
大好之春光，不盡歌唱。

心興有悠揚，去向遠方。
何處有笛暢？寄我情腸。

生活是無恙，奮發慨慷。
前路當勇闖，力搏桑滄。

坐 定安詳（之一）　鳥 囀萬方

坐定安詳，閑哦彼詩章。
一行一行，奏出心平康。

春意昂揚，草野清心芳。
斜陽輝煌，小鳥在歌唱。

清風來放，我意舒而暢。
敞開心膛，渴望曠飛翔。

去向何方？心志在遐方。
山水無恙，足夠我徜徉。

鳥囀萬方，
一使我心起悠揚。
欣欣生長，
大地無限好春光。

清風來暢，
坐定不由情舒曠。
閑哦詩章，
字字奏出心平康。

月季花放，
嬌娜真是好模樣。
桃花芬芳，
遠觀如霞似錦張。

歲月無恙，
感時我心真激蕩。
呼出奔放，
情懷婉轉入詩章。

休 憩身心

休憩身心，
拋棄詩書且靜定。
閑品清茗，
放曠意志入青雲。

春光無垠，
暖風來襲清心境。
舒散性靈，
又哦新詩吐芳馨。

斜陽經行，
花紅柳綠鳥清鳴。
寰宇和盈，
人民幸福樂安平。

大道圓明，
應憑慧心覓空靈。
詩人有興，
叩道清長入詩吟。

斜 暉正朗

斜暉正朗，
浴後身心逞清曠。
清風來放，
詩意翩然而下降。

何所發揚？
只是吐出情與腸。
何所言唱？
大道一生叩而訪。

世界之上，
正值春光大發揚。
和諧寰壤，
鳥鳴花放人歡暢。

憂未可忘，
樂極生悲銘心上。
謀劃須詳，
前程萬里待飛翔。

清 坐思湧

清坐思湧，
跨入雲煙出蒼穹。
哦詩何功？
只是吐出心與胸。

壯歲從容，
談笑淡對風雲動。
春意和濃，
大千風景幻無窮。

畢生何從？
長叩真理奮勇猛。
大道縈胸，
人生步履曠隨風。

坐定情萌，
況聽鳥鳴嬌囀中。
斑鬢惜重，
風骨長敲聲若銅。

晨 雞啼唱

晨雞啼唱，打破夜安詳。
五更甫降，明月正在望。

靜坐思想，情懷舒而張。
不寐情腸，拋出應萬丈。

路上車響，噪噪頗狂猖。
清風來放，爽我肺與腸。

歲月悠閒，清意天涯間。
暮春時間，和藹溢胸膛。

晨 鳥啼嬌好

晨鳥啼嬌好，十分美妙。
清風來慰勞，爽我情竅。

紅霞微微燒，青靄漫繞。
大地春光跑，生機昂饒。

坐定寫詩俏，心靈奉表。
嚮往關山道，大道叩找。

人生容易老，壯歲豐標。
靜坐思緒高，激情如拋。

清 風送微寒

清風送微寒，春衫覺單。
爽聽鳥鳴喊，心花怒綻。

春意不盡展，無限妙曼。
更有花好看，碧柳毿毿。

坐定寫詩玩，吐出心瀾。
呼出真浩瀚，清新雅善。

人生波上站，恒遇困難。
應許奮力翻，搏擊群瀾。

坐 定安詳（之二）

坐定安詳，身心平且康。
宿鳥啼唱，暮煙初初上。

散淡放曠，閑哦我詩章。
吐出情腸，舒點清心芳。

笑上臉龐，苦難拋一旁。
隨緣旅航，生活本平常。

煙雨風浪，磨練意志剛。
歲月慨慷，更迎考驗艱。

湖 水平曠

湖水平曠，
岸邊穩坐釣魚郎。
晨風清揚，
渌波閃射其粼光。

菜花金黃，
散步欣聽鳥啼唱。
碧野清芳，
大地春光喜揚長。

柳煙蕩漾，
我心我意舒而暢。
紅日東上，
身心沐浴彼恩光。

詩興又放，
哦詩吐出情奔放。
展眼長望，
遠際水上微霧漲。

人 生未可匆忙

人生未可匆忙，
應能定定當當。

暇時應取悠閒，
享受生活平康。

儘管心性昂揚，
恒想展翅飛翔。

一任風雨艱蒼，
奮志敢於去闖。

須知過勞有傷，
操心也須適當。

體勞是有不妨，
省心才為至上。

養生應許提倡，
頤養才得康強。

百年人生奔放，
祝君一生安詳。

徐 步安行

徐步安行，
一任烈日在天頂。
浮生經營，
大塊何必歎苦情？

笑意輕盈，
放飛心境入層雲。
爽風曠進，
春意舒放我心襟。

有鳥嬌鳴，
更有野花開清新。
田園芳馨，
萬千氣象煥詩興。

音樂空靈，
破空而來爽我心。
敞開胸襟，
無限快意化詩吟。

身 心慨慷　　歲 月經行

身心慨慷，
激發豪情十萬丈。
坐定休閒，
淡迎春風嫋復揚。

陽光正朗，
清和寰宇鳥鳴放。
柳氄花香，
不盡讚歎入詩唱。

歲月清芳，
壯歲不懼老來訪。
心襟猶壯，
恒欲天涯去蕩闖。

一生昂藏，
詩書持身郁馨芳。
開口吟唱，
字裡行間雅騷揚。

歲月經行，
匆匆年輪額上印。
不老心性，
尚如少年之純情。

總持淡定，
不受名利之侵淫。
安於清貧，
學海任我揚帆進。

心得殷殷，
賦於詩中訴分明。
大道心領，
素樸無機敬而景。

道機圓明，
應用玄妙無有盡。
德當先行，
叩道用道樂無垠。

淡 然心向

淡然心向，
胸有水雲清蕩漾。
志在遠方，
時刻想去天涯闊。

春意奔放，
欣看萬綠在生長。
花紅馨芳，
兼有野鳥鳴與唱。

坐享安詳，
品茗心性有爽朗。
詩意昂揚，
靈思妙句紛來翔。

天色昏黃，
暮靄天際淡淡上。
心性舒揚，
感慨長髮是慨慷。

四 更靜悄

四更靜悄，偶聞犬吠叫。
夜風清繞，爽意中心饒。

不眠起早，書出身心俏。
展我情操，還有真懷抱。

浮生笑傲，名利害人巧。
誰持清標？遁入水雲早。

壯歲風騷，留有南山稿。
情懷不老，猶持童心少。

哦 詩奔放

哦詩奔放，歡樂在其間。
吐出情腸，一縷淡淡芳。

人生揚長，何地不慨慷？
山水之間，可憩我心腸。

流雲馳蕩，萬變正激昂。
吾持中間，庸和是情況。

北風正響，冷寒自朔方。
靜坐思想，平靜且安詳。

野 外清曠

野外清曠，喜鵲連聲唱。
清風來航，我意舒而暢。

春意無限，散步流連忘。
數裡瞬間，紅日正東上。

身心清揚，發詩歌嘹亮。
敞開心膛，春光待君賞。

藍天無恙，遠靄正茫茫。
浩志奔放，欲學鳥飛翔。

坐 定梳心

坐定梳心，曠聽鳥清鳴。
心境鎮定，名利未許縈。

笑容清俊，仰看天青青。
清風來迎，爽意盈胸襟。

大塊經營，人生多苦辛。
應向水雲，寄點趣與情。

淡雅性情，哦詩吐空靈。
世事浮雲，任去任緣行。

坐 定休閒

坐定休閒，淡泊是情腸。
清風嫋揚，花放鳥清唱。

暮春時間，況值此晴朗。
清和氣象，人間美無恙。

有歌要唱，那就吐心膛。
舒出心向，哦出我慨慷。

前路奮闖，勞逸須適當。
行旅桑滄，奮搏艱與蒼。

煙 雲曾艱

煙雲曾艱，苦淚雙雙淌。
而今慨慷，奮發不可擋。

奮展志向，遠在天涯間。
日用之間，恒叩彼道藏。

山高水長，風景有萬方。
信步徜徉，詩意溢心間。

笑容又放，欣聽小鳥唱。
風來清揚，大地好春光。

閑 哦詩章

閑哦詩章，雲天正淡蕩。
東風成暢，藍天走豔陽。

春氣奔放，清和展氣象。
萬物生長，欣欣向榮間。

我意昂揚，心興持曠朗。
聽鳥鳴唱，品茗愜無恙。

高歌應唱，人生須慨慷。
激越向上，不折奮前闖。

笑 意清長

笑意清長，
人生總持慨慷。
不屈向上，
不斷矢志生長。

春意奔放，
大千盡沐爽朗。
我心歡暢，
哦詩發出揚長。

白雲飄蕩，
天地均顯安詳。
和風清曠，
適我心襟意向。

鳥在清唱，
宛轉引人欣賞。
靜坐思想，
筆下如水之放。

奏 出心平康

奏出心平康，高亢嘹亮。
婉轉之情腸，共風嫋揚。

寫詩真快暢，舒出意向。
不敢欺與誑，捧出心腸。

流年之更張，又值春光。
美好真無限，喜樂滿腔。

前路長展望，煙雨桑滄。
奮荷志與向，鼓勇前闖。

第三十四卷《松風集》　晨 風清暢

晨風清暢，鳥語囀清揚。
東風送爽，情懷有悠揚。

哦詩歡暢，心地且清芳。
淡淡蕩蕩，身心持奔放。

笑意揚長，前路奮力闖。
山高水長，正好磨剛強。

展開翅膀，直上高天翔。
萬里之疆，曠我思與想。

心事平靜

心事平靜，大千入胸襟。
散坐安寧，品茗持雅興。

歲月經行，老我以斑鬢。
聽鳥清鳴，我意起溫馨。

爽風來迎，藍天青無雲。
春意無垠，落紅堪驚心。

笑意輕盈，生活正清平。
哦寫心靈，一吐我清新。

青杏正小

青杏正小，園中風光好。
有鳥啼叫，花開鬥奇妙。

心情忒好，哦詩舒心竅。
流年奔跑，暮春將近了。

藍天雲渺，風兒盡情跑。
壯懷不老，激情向天遨。

前路迢迢，風景妙且饒。
淡定豐標，仰天發清嘯。

孤 旅揚長

孤旅揚長，
靜定心地生閑。
清聽鳥唱，
更喜東風清暢。

生活安詳，
為因心性平康。
履盡桑滄，
贏得一笑爽朗。

歲月奔放，
不覺霜華新長。
應許慨慷，
前程關山奮闖。

人生清揚，
有志何不高唱？
嚮往遐方，
嚮往水雲之鄉。

思 緒淡放

思緒淡放，仰看天蒼蒼。
有鳥啼唱，夕陽正西降。

坐享清閒，思想放千章。
亙古桑滄，齊來襲心房。

風正清暢，大千舒曠朗。
和合為上，大道走清揚。

歲月安詳，流年似水淌。
奮發前闖，激起千重浪。

逸 志飛揚

逸志飛揚，重霄應可上。
散坐安詳，清聽鳥啼唱。

暖風吹曠，暮春景致強。
生活平康，心花應開放。

好自揚長，不折奮力闖。
山水萬方，風光堪徜徉。

流年飛狂，壯歲嗟斑蒼。
惜時務講，年華似水淌。

晨 鳥清唱

晨鳥清唱，心地自閑閑。
好風來爽，車聲走狂猖。

坐定舒腸，哦出心之向。
有點慨慷，有點激與昂。

暮春無恙，大千持奔放。
欣欣之間，余意喜平康。

淡定平曠，飛翔余思想。
天地之間，大道正清揚。

晨 光清靚

晨光清靚，紅日正東上。
紫霞新漲，爽風有清揚。

鳥囀萬方，花草茂而芳。
哦詩興上，歌出情奔放。

人生昂藏，應許萬里量。
高天可上，雙展羽翼翔。

淡定平康，心事對誰講？
合向詩章，自彈復自唱。

心 事悠揚

心事悠揚，清聽鳥啼唱。
朝陽無上，人間沐恩光。

情懷奔放，又哦我詩章。
應許瀏亮，應許奏平康。

暮春清芳，萬紫千紅放。
小風清逛，爽我意與腸。

藍天無恙，白雲緩緩翔。
和漾寰間，不盡堪謳唱。

靜 坐安詳

静坐安詳，遐思入無限。
清風曠朗，野鳥歡鳴唱。

春意昂揚，溫馨漾寰壤。
奇花鬥芳，紫嫣紅放。

我意舒揚，詩意從心上。
哦出心腸，哦出情奔放。

午後陽光，燦爛正無當。
藍天青曠，一使余心暢。

天 啟微亮

天啟微亮，晨鳥嬌聲唱。
好風有爽，心境趨清揚。

欲鳴欲放，我且哦詩章。
一行一行，奏出心平康。

人生遐方，有志欲飛翔。
水雲之鄉，可憩我心腸。

發奮向上，知難而前闖。
長驅無恙，萬里無止疆。

晨 風清暢

晨風清暢，青霞東方漲。
春禽鳴放，一日又開場。

喜氣洋洋，生活樂平康。
月季怒放，五彩鬥奇芳。

坐定清閒，何不哦詩章？
吐出情腸，有益於健康。

人生揚長，萬里應可量。
奮發向上，學鳥曠飛翔。

小 風空靈

小風空靈，流走以清新。
散坐心靜，慧思充而盈。

歲月驚心，壯歲正分明。
應許淡定，應許從容行。

人生如雲，隨風飄不定。
隨緣適運，無機持心襟。

小鳥清鳴，爽我心與情。
哦詩隨性，長吐溫與馨。

休 憩心腸

休憩心腸，不思也不想。
清風曠放，余意是平康。

假日悠閒，散坐哦詩章。
鳥兒清唱，花兒開芬芳。

遐思漫揚，去到天涯間。
水雲蕩漾，清新是家鄉。

流年更張，初夏將登場。
和漾寰壤，情懷舒而暢。

鳥 鳴喧揚

鳥鳴喧揚，
一使余心欣而暢。
曠風來翔，
暮春正是好時光。

坐享清閒，
心性放散向天航。
字裡行間，
情思婉轉有悠揚。

人生揚長，
壯歲坎蒼一任放。
心懷理想，
矢志不屈向前闖。

世界之上，
恒有蠢物鬧攘攘。
應持清向，
遁入山水田園間。

清 風流暢

清風流暢，
爽意盈滿人間。
有鳥鳴唱，
歡歌春意昂揚。

靜坐休閒，
思想任放徜徉。
身心清朗，
淡定悠揚奔放。

層雲滌蕩，
遠天霧靄迷茫。
綠滿野壤，
欣欣向榮景象。

心欲歌唱，
又哦新詩數章。
字裡行間，
顯現心性溫良。

雀 鳥鳴叫

雀鳥鳴叫，清風吹來俏。
坐定遙逍，閑哦新詩稿。

暮煙起了，心事轉飄渺。
一生叩道，壯歲余蒼老。

持正不傲，謙和必須保。
奮力尋找，萬里不算遙。

山好水好，風景無限造。
展翅雲霄，搏擊風雨暴。

男 兒心思壯

男兒心思壯，煥發慨慷。
前路發揚長，展翅高翔。

萬里無止疆，直入溟滄。
一生恒闖蕩，矢志奔放。

有時高聲唱，聲震穹蒼。
有時婉轉間，情思嫋揚。

淡淡又蕩蕩，總持平康。
不折奮昂揚，克盡艱創。

散 步徜徉

散步徜徉，
欣見野花開放。
喜鵲叫響，
清風吹來和暢。

野外清芳，
空氣新鮮難忘。
湖水平曠，
只是有點汙髒。

人生安詳，
無事縈繞心房。
坦蕩平康，
生活該是這樣。

大千奔放，
紅塵太多鬧攘。
應持清向，
遁入田園山間。

情懷舒展

第三十五卷《清歌集》

情懷舒展，
哦詩心志入霄漢。
此際雅安，
品茗清思悠悠淡。

聽鳥鳴喊，
嬌囀一添浪與漫。
好風來翻，
爽意盈胸心花綻。

生平閑澹，
不惹紅塵名利案。
與書為伴，
學海長揚我風帆。

心事綿纏，
萬種情感難遮攔。
恆欲大喊，
一腔正氣充宇寰。

蛙 鼓新敲

蛙鼓新敲，蚤在草中叫。
清風來拋，有犬遠村嚎。

春將去了，初夏將來到。
心興忒高，哦詩舒懷抱。

人生不老，我有真才調。
壯歲風騷，不嗟斑鬢早。

共緣去跑，灑脫持心竅。
行旅遙逍，嚮往關山道。

蛙 鼓悠揚

蛙鼓悠揚，草蚤脆聲唱。
晨雞又響，早起五更間。

清風來暢，我意舒而康。
又哦詩章，奏出心激昂。

人生揚長，何地不慨慷？
前路奮闖，萬里豈算長？

坐定安詳，心事對誰講？
天尚未亮，車聲已狂猖。

靜 坐安詳

靜坐安詳，清聽鳥啼唱。
和風來暢，初夏今日訪。

笑意揚長，生活是平康。
校對詩章，其樂也洋洋。

歲月清曠，流年走匆忙。
霜華新長，心性猶康強。

應向前望，關山萬里長。
奮力去闖，知難而徑上。

爽 風來翔

爽風來翔，
清聽排簫漫與浪。
思入溟滄，
浩志曠發向天揚。

坐定消閒，
綿綿情感漾心間。
惹起情腸，
悠悠揚揚萬里航。

人生瞬間，
不覺壯歲已斑蒼。
老漸來訪，
心志猶如少年狂。

舒放無限，
情懷應向天開敞。
孤旅揚長，
何必拋淚宜清揚。

心 思平正

心思平正，
清聽鳥鳴囀嬌純。
爽風來逞，
清新長入肺與身。

昨夜雨盛，
夢中聽得蛙成陣。
晨起爽神，
一篇詩歌脫口呈。

風聲陣陣，
聽來一似音樂生。
靜定心身，
享受生活之平順。

雲往南奔，
急行若攜令在身。
雅坐清神，
閑哦詩歌吐精誠。

清 懷舒曠

清懷舒曠，
靜坐長對清風暢。
悠悠揚揚，
哦詩吐出心花芳。

人生揚長，
何時何地不慨慷？
歲月奔放，
我心我意恒高亢。

聽鳥喧唱，
引我心興曠飛翔。
欲入溟滄，
凌雲萬里容直上。

總持清閒，
輾轉桑滄余定當。
生活品嘗，
苦難磨礪是尋常。

清 聽蛩吟

清聽蛩吟，晚風走清新。
散坐清明，哦詩舒雅興。

心事均平，清聽竹笛鳴。
悠悠心襟，如水流不停。

人生經行，老我蒼蒼鬢。
笑意應盈，隨緣共運進。

漾起詩情，難言復難明。
初夏情景，愜意入詩吟。

晨 雞唱犬吠響

晨雞唱犬吠響，
爽風吹清揚。
人早起聽鳥唱，
心境也爽朗。

車囂猖世事狂，
紅塵是攘攘。
持清向水雲間，
可憩我心腸。

心淡蕩情淡蕩，
閑哦我詩章。
一行行頗歡暢，
奏出心之芳。

初夏間生機旺，
萬物騁奔放。
清坐間持慨慷，
一曲昂與揚。

淡 泊安詳

淡泊安詳，清享平與康。
心地無恙，總持是清涼。

聽鳥喧唱，迎風之爽朗。
坐定休閒，哦詩發慨慷。

生平淡蕩，名利屏而忘。
笑容清暢，任轉桑與滄。

斜暉清朗，一使余心曠。
品茗嚙香，詩意從心上。

爽 懷清正

爽懷清正，詩書伴晨昏。
坐定心身，長聽鳥囀純。

白雲紛紛，清風曠精神。
品茗清芬，嫻雅從心生。

哦出真誠，哦出我平生。
哦出溫存，哦出精氣神。

歲月繽紛，碧野怡心身。
淡蕩人生，激情入詩申。

夜 風清新

夜風清新，
車聲壓過蛙鳴。
月華西印，
四更無眠早醒。

清爽在心，
哦詩呼出肺襟。
夜犬吠鳴，
點綴清夜溫馨。

吾持淡定，
隨緣而進康寧。
不妄分心，
名利應辭應屏。

壯歲不驚，
未可老了身心。
大道叩請，
矢志揚帆奮進。

藍 天無恙

藍天無恙，
晨起清聽鳥啼唱。
風來清揚，
喜見涼爽遍人間。

紅日東上，
林野淡見青靄漾。
市井歡嚷，
路上車聲響狂猖。

笑意展放，
壯歲不畏前路艱。
矢志奮闖，
踏破關山之險障。

大道叩訪，
心得體會入詩唱。
一生昂揚，
脫口吟詩騁奔放。

草 野清芳

草野清芳，
散步心境舒朗。
喜鵲叫響，
一使余心欣暢。

清風來放，
好個悠悠揚揚。
吾持淡蕩，
人生容我揚長。

生活安康，
總持心性清涼。
共緣而翔，
中心有詩謳唱。

不執之間，
書海長揚帆航。
無機心腸，
慧目閃射清光。

心 持舒曠

心持舒曠，
坐擁風清鳥唱。
淡淡蕩蕩，
無物可擾心腸。

奔行遠方，
一路力搏艱蒼。
風雨之間，
磨礪心性剛強。

笑意清長，
壯歲荷擔乾綱。
大道奔放，
直入心地無恙。

輾轉桑滄，
余得熱淚雙行。
陽光清靚，
心志猶然慨慷。

散 淡清平

散淡清平，
心地總持靜寧。
雅思正盈，
哦詩呼出肺襟。

天氣朗晴，
藍天流走白雲。
有鳥嬌鳴，
有風吹來清新。

世事難云，
只是緣之在行。
應持空靈，
遁入山水清明。

壯歲不驚，
騷雅是余心性。
恒欲飛行，
去向萬里之境。

妙 悟心胸

妙悟心胸，
覽鏡何必嗟深重？
壯歲斑濃，
慧眼洞穿萬事空。

鳥鳴從容，
清聽使余深感動。
曠意清風，
拂我襟懷清意萌。

淡定而誦，
哦出中心思與痛。
大千是夢，
歷史只是煙雨濃。

回首何功？
剩有漁樵歌而諷。
應化清風，
長嫻天涯自在中。

散 淡清閒

散淡清閒，
清聽晨鳥啼唱。
好風流暢，
朝陽噴薄而上。

爽朗世間，
何事可憩心腸？
應許曠朗，
遁向山水田間。

紅塵萬丈，
太多吵鬧亂嚷。
誰持清向？
辭去名利骯髒。

歲月悠揚，
老我華髮斑蒼。
逸興長放，
去向青冥無限。

清 思長揚

清思長揚，
嬝嬝飛向雲際間。
人生情長，
百感俱上有淚淌。

鳥兒清唱，
初夏暑氣一任彰。
心性清涼，
此生原不受炎狂。

淡定徜徉，
胸懷壯志誰能擋？
志在穹蒼，
萬水千山只等閒。

歲月狂猖，
老我霜華新新長。
一生慨慷，
激發心性發高亢。

人 生奔放

人生奔放，
突破困難與艱蒼。
放眼青蒼，
有鳥曠飛入雲間。

我志疏閑，
此生豈入名利網？
水雲之鄉，
才是余之所嚮往。

壯歲坎蒼，
往事不必多思想。
應向前望，
關山萬里待闖蕩。

靜坐思想，
豪情應放萬千丈。
詩句昂揚，
顯出心性之剛強。

淡 定平康

淡定平康，
心中充滿嚮往。
激情猶昂，
曠志飛舞寰間。

笑覽桑滄，
一笑我意清揚。
壯志揚長，
何不高歌猛唱？

未可狷狂，
須守謙和意向。
學海帆航，
心得體會無恙。

愛哦詩章，
流連興趣昂揚。
捧出心腸，
奉出正義力量。

心 志長揚

心志長揚，
出得天地宇宙間。
聽鳥喧唱，
我心我意何其暢。

身心奔放，
不折矢志奮前闖。
有笛清響，
撩我心情趣悠揚。

天晴日朗，
大好時光堪欣賞。
小風和爽，
淡看飛絮走清狂。

人生難講，
百感齊來襲心房。
展眼青蒼，
長羨鳥飛平天翔。

意 志頑強

意志頑強，克盡困難上。
展翅飛翔，搏擊彼莽蒼。

笑容綻放，一任煙雨蒼。
人世桑滄，不必介意間。

壯歲貞剛，有淚不輕放。
展眼長望，透視彼煙瘴。

山水萬方，我要奮力闖。
名利捐忘，荷道正氣昂。

喜 鵲叫響

喜鵲叫響，暑意正猖狂。
汗往下淌，心興卻平康。

何必愁悵？何不放清狂？
天地之間，由我暢思想。

人生悲壯，履盡炎與涼。
悠悠歌唱，清聽蟬鳴放。

共緣旅航，學取雲飄蕩。
嚮往遐方，嚮往曠飛翔。

慨 <small>當以慷</small>

慨當以慷，憂思以難忘。
蟬噪清靚，心意起悠閒。

何所歌唱？心興學雲翔。
人生理想，依然銘心間。

壯歲斑蒼，不屈荷志向。
放眼長望，遠天雲煙茫。

靜坐思想，難提心頭悵。
發奮圖強，男兒騁力量。

笛 <small>韻清動</small>

笛韻清動，
相伴鳥語蟬誦。
雅坐從容，
思緒浩入長空。

人生之中，
余有雙淚勁湧。
不屈奮沖，
豈懼風雨重濃？

渴望長空，
飛翔直入蒼穹。
壯歲情鐘，
叩道用道圓融。

一笑輕鬆，
世事拋去烈猛。
水雲朦朧，
寄我情懷無窮。

清 聽蟬鳴唱

清聽蟬鳴唱，
我心我意起悠揚。
好風送爽朗，
娟娟鳥語正歡暢。

坐定心悠閒，
曠懷應容大千放。
逸志也清揚，
山水田園是故鄉。

壯歲安平常，
詩書持身獲安康。
清貧原無妨，
素樸情腸有奔放。

前路應敢闖，
鐵壁銅牆無法擋。
展翅遠飛翔，
萬水千山是等閒。

雨 後空氣清新

雨後空氣清新，
又聞笛音清鳴。

小鳥歡唱盡興，
余心腑腹溫馨。

坐定舒我身心，
品茗頗有雅興。

世界歡然前進，
萬類自由爭競。

淡泊是我心情，
壯歲不嗟斑鬢。

榴花如火警醒，
一使余意奮興。

短詩呼出心境，
激情曠入層雲。

爽風入我胸襟，
快意盈滿肺心。

寫 意人生

寫意人生，
長似雲行繽與紛。
應擎心燈，
涉過艱蒼奮前奔。

大千紅塵，
幻化無窮因緣生。
圓明覺證，
沉靜吾心不沉淪。

笑意應生，
慧光朗映照乾坤。
和同世塵，
散逸清芬入山村。

清風陣陣，
爽懷應向詩中申。
高唱一聲，
遏住行雲之旅程。

蛙 響宜人

蛙響宜人，
清夜傳來犬吠聲。
不眠時分，
四更上網愜心神。

清風陣陣，
我心我意曠而澄。
舒坦安穩，
靜聽天籟奏溫存。

歲月繽紛，
老我斑鬢何足論？
壯志猶遑，
鐵骨由來是錚錚。

雅淨心身，
哦詩吐出心誠正。
淡泊馳奔，
萬里征程奮前爭。

情 懷舒揚

情懷舒揚，
一任汗水肆流淌。
電扇風涼，
清聽蟬鳴林陰間。

半生水放，
壯志依舊向天曠。
一任鬢蒼，
無妨激情勝汪洋。

山高水長，
前路縱艱有何妨？
鐵膽剛強，
磨難成行奮前闖。

小風來暢，
抬眼長望雲蒼蒼。
享受清閒，
百年人生合慷慨。

蟋 蟀清鳴（之一）

蟋蟀清鳴，
蛙鼓敲擊均勻。
四更無眠，
清坐長思無垠。

人生多情，
只是老我斑鬢。
回首心驚，
半世如水而行。

難言難云，
中心百感來沁。
奮力曠進，
前路山水空靈。

應持消停，
何不共緣而行？
一點閒心，
雅哦詩句清明。

227

心 境爽明

心境爽明，
四更清享蛙鳴。
靜坐舒情，
百感中心運營。

人生奮行，
何論苦難艱辛？
縱有淚盈，
也當喜笑才行。

此際清靈，
神思旺盛無垠。
詩意充盈，
煥發文采鶯鳴。

灑脫持心，
何事可記可憑？
百年緣進，
一似駕浪而行。

歲 月分明（之一）

歲月分明，
漸覺老我斑鬢。
一生力行，
迎著磨難奮進。

清聽蛙鳴，
爽我無限心襟。
夜風清靈，
大開余之意境。

爽意盈心，
欲寫詩文空靈。
一點真情，
如水如泉涓行。

靜坐思清，
歷史當可言明。
糊塗才行，
省點才思心情。

藍 天白雲清映

藍天白雲清映，
東風曠行。
聽得遠近蟬鳴，
天籟經營。

此際斜暉正映，
浩潔無垠。
後天立秋將臨，
長嗟斑鬢。

人生無限多情，
哦詩空靈。
小鳥嬌囀清運，
雅意分明。

散坐清思遠行，
逸意中心。
正值七夕孤零，
天涯心情。

人 生磨難知多少

人生磨難知多少？
閑吟入詩稿。
長對秋雨起瀟瀟，
心事比天高。

品茗清坐心興翹，
腹內紜詩稿。
一篇短章應豐標，
知音何處找？

人生從來不敢傲，
積澱惟詩稿。
壯歲淡定仍飛跑，
恒走陽關道。

煙雨未許清愁罩，
放眼哦詩稿。
身處鬧市心靜悄，
大道叩而找。

飛揚歲月落花飄，
贏得是詩稿。
英雄懷抱付誰瞧？

熱血化長飆。

回首往事淚暗拋，
激情入詩稿。
前路任從風雨饒，
揚長放馬跑。

清 夜無眠

清夜無眠，
秋蟲呢嚨正多情。
爽風經行，
開我意境與心靈。

不敢高鳴，
合當無聲哦心情。
寫照空靈，
我有素志山水雲。

壯歲斑鬢，
何必長嗟悲無垠？
合當乘雲，
去覽九天好風景。

此際夜靜，
天籟一片堪清聽。
我有閒情，
散坐當風快在心。

月 華明靚

月華明靚，
夜風稍起微涼。
秋蟲吟唱，
引余詩情暢揚。

四更無恙，
靜坐心地安詳。
才思鋪張，
裁出短章奉上。

人生定當，
不為名利而忙。
百年夢間，
幾多煙雨狂浪。

笑意展放，
我有清心可享。
清聽蛩唱，
堪謂得意洋洋。

淡 淡蕩蕩

淡淡蕩蕩，
心中彩雲飄放。
坐享清涼，
品茗也自安詳。

壯歲正當，
詩書持身清剛。
志向遐方，
渴望曠飛無疆。

清思長揚，
遠勝風吹清狂。
自由思想，
靈機哦入詩章。

坎坷淡忘，
須放慧眼前張。
透過霧障，
發見山水無恙。

秋 蟬鳴放

秋蟬鳴放，
暑意猶然狂猖。
求取風涼，
電扇當仁不讓。

生活安詳，
任憑風雨艱蒼。
履盡炎涼，
覽得山水無恙。

清聽鳥唱，
天籟養我心腸。
德操未忘，
道藏叩尋無量。

奮發向上，
雄姿當學鷹翔。
白雲徜徉，
入我胸腑肺間。

漫 天彩雲飄

漫天彩雲飄，小風清繞。
又見花嬌好，石榴紅了。

聽得鳥語妙，我心微笑。
秋陽煦煦照，寰宇美好。

歲月如飛鏢，轉眼漸老。
留有南山稿，人生寫照。

淡蕩步逍遙，心態猶瀟。
放眼雲煙緲，壯懷高翹。

逸 興清揚

逸興清揚，
雅思裁出詩萬章。
君子心腸，
總持仁厚不張狂。

悠悠歌唱，
才情一似江水長。
倒海翻江，
我有浩志向天揚。

孤旅揚長，
矢志奮闖萬里疆。
煙雨桑滄，
學取雄鷹恣意翔。

守拙安常，
隨緣履歷持淡蕩。
一笑清芳，
蕙意蘭操淡淡香。

靜 定之間

靜定之間，
思想激起千重浪。
慧意安詳，
嫻雅才情入詩章。

半生水放，
啞然失笑余鬢蒼。
清貧何妨？
我有浩志向天昂。

煙雲激蕩，
曾履艱蒼萬千放。
而今慨慷，
男兒理想荷心間。

笑意清長，
秋夜清聽蛩吟靚。
一生文章，
任憑命運作導航。

歲 月分明（之二）　舒 我懷抱

歲月分明，
秋夜五更聽蛩吟。
爽意沁心，
天人和絃樂無垠。

我有雅興，
哦詩應傾余本心。
逸意堪聽，
可與蟲吟試比清。

當年殷殷，
少年夢想銘心襟。
壯歲不眠，
轉側心事付誰聽？

蟲兒清俊，
應能明余之心境。
清響靈明，
不倦長奏天籟音。

舒我懷抱，
風騷傲世原雅俏。
詩章豐饒，
盡展身心之微妙。

世事不了，
大千蠢物恒擾擾。
心合山樵，
曠引白雲松岡繞。

清風來跑，
寫意人生難言道。
正氣當傲，
清白做人蘭蕙操。

詩意環繞，
脫口成章原清翹。
遠村犬嘯，
點綴秋意也安好。

蟋蟀清鳴（之二）

第三十七卷《和風集》

蟋蟀清鳴，夜色又降臨。
晚風清新，我意舒而平。

散步乘興，霓虹閃不停。
心懷雅淨，秋夜美無垠。

世事難明，糊塗可不行。
壯志凌雲，踏實去推行。

風雨煙雲，人生苦充盈。
清新蚤吟，適我意和興。

竹 笛清響

竹笛清響，悠悠秋雲漾。
散坐舒閑，長對清風曠。

鳥語花香，生活甘如糖。
有苦怎樣？磨礪我心腸。

笑意應放，前路萬里長。
關山千幛，待我攀與闖。

奮發向上，男兒騁強剛。
守拙安常，共緣去旅航。

藍 天白雲走清新

藍天白雲走清新，
秋意正均平。
散坐舒懷且清心，
哦詩有雅興。

半生已付流水行，
余得蒼蒼鬢。
清聽鳥叫囀溫馨，
一時起心情。

蟬噪青林響不停，
野花開鮮新。
牽牛最是多風情，
張嘴笑吟吟。

前路尚待鼓心靈，
萬里曠飛行。
不負人生百年景，
實幹顯雄英。

心 情淡蕩

心情淡蕩，
沐浴秋風淨爽。
晴天爽朗，
陽光燦爛輝煌。

歲月安詳，
詩意油然湧上。
人生平康，
風雨總屬尋常。

鳥飛青蒼，
萬類自由奔放。
花紅榴黃，
一使余意長揚。

壯歲守常，
清享秋春無恙。
百年慨慷，
詩書激發志向。

持 正安詳

持正安詳，
浮生履盡風浪。
一笑清揚，
且看白雲徜徉。

人生難忘，
半世如水流殤。
前路奮闖，
激發我之慨慷。

秋風清暢，
爽意從心流淌。
遠煙淡放，
一派和平景象。

聽鳥啼唱，
我心為之舒朗。
雅哦詩章，
情懷奉出無恙。

才 思汪洋

才思汪洋，
暢對金風心奔放。
斜暉清朗，
悠悠白雲走安詳。

靜坐舒曠，
一點激情勝水淌。
品茗清芳，
愜意人生歡無恙。

無機之間，
柔和心腸隨緣逛。
志取貞剛，
不屈淫威貧無妨。

清聽鳥唱，
天籟原來養人腸。
合向山鄉，
嗅點松風雲霧間。

藍 天白雲多精彩

藍天白雲多精彩，
好似畫卷開。
秋風清來且開懷，
散步興悠哉。

野花芬芳沿路在，
小鳥鳴喈喈。
碧柳毵毵飽風采，
水光波影來。

雅意從心哦詩快，
佳句翩翩裁。
十里小徑腳下踩，
喜悅盈心台。

朝陽灑在這世界，
蛩吟滿耳在。
南湖風景日新哉，
我心深深愛。

雅 思良長

雅思良長，
曠對清風舒心暢。
秋意朗爽，
清平天氣白雲翔。

笑意開敞，
欣聞鳥語嬌嬌放。
展眼青蒼，
我欲向天長飛曠。

淡淡蕩蕩，
胸中清潔無所裝。
正義心腸，
持才不傲走遐方。

風雨桑滄，
於我只屬尋與常。
切勿匆忙，
隨緣清走人生場。

喜 鵲又叫響

喜鵲又叫響，晨風清揚。
白鴿曠飛翔，自由天壤。

牽牛媚且靚，萬千開張。
石榴紅復黃，垂掛枝間。

欣然舒意向，秋氣曠朗。
哦詩復揚長，我意慨慷。

好自奮發上，前路敢闖。
百年書華章，正氣盈腔。

悠 揚清暢

悠揚清暢，秋意正朗爽。
西風舒曠，清坐思徜徉。

流年奔放，笑我鬢蒼蒼。
應持安詳，任運度辰光。

心地有光，慧意入詩間。
仍懷嚮往，希冀萬里疆。

小鳥清唱，宛轉沁心房。
逸意揚長，欲共雲同逛。

清 聽蛩吟

清聽蛩吟，
天籟漫過我的心。
笛音清靈，
撩起情思若行雲。

爽風清行，
秋夜淡蕩且溫馨。
吾意分明，
哦出新詩具清新。

雅坐思清，
壯歲不嗟我斑鬢。
奮向前行，
一生大道叩而尋。

心地殷殷，
欲展長翅萬里行。
曠懷清映，
人生情調入水雲。

秋 夜悠揚

秋夜悠揚，
一片蚓吟高低唱。
我意清爽，
天籟雅潔入心腸。

人生揚長，
況有明月當空放。
三更之間，
人聲消寂惟蟲響。

清理心簧，
不盡情思綿復暢。
哦奏詩章，
歷史如水流其殤。

心興長揚，
我欲對月起舞狂。
飛向月亮，
舉杯邀飲有吳剛。

浩 志奔放

浩志奔放，
雖遭困厄心還靚。
矢志奮闖，
突破關山有萬幢。

志取高強，
男兒熱血天涯間。
百年陽剛，
曠展雙翼入溟滄。

清貧無妨，
胸懷萬卷誰能擋？
逸興清揚，
遐思長入水雲間。

此際舒暢，
大好秋光任欣賞。
佳句來翔，
哦出身心也清芳。

喜 鵲叫響

喜鵲叫響，白鴿曠飛翔。
天氣晴朗，金風走清暢。

竹笛悠揚，余志且清揚。
散步興放，小調自由唱。

和滿寰壤，中秋喜盈漾。
朝陽東上，白雲緩緩蕩。

心興遐方，志取吾清剛。
渴望遨翔，萬里恣志向。

散 坐清閒

散坐清閒，
胸中白雲清逛。
藍天鴿翔，
野鳥嬌囀清靚。

矢志向上，
名利豈可阻擋？
沖決莽蒼，
去向高天無限。

宇宙廣長，
盡我一生尋訪。
大道清揚，
體道用道何暢！

歲月芬芳，
惜乎老我斑蒼。
應將憂忘，
奮不顧身前闖。

月 華清映

月華清映，海內慶升平。
東風曠行，秋夜涼初警。

思緒清明，中秋心溫馨。
有蛩清鳴，天籟是清新。

靜坐舒情，人生飽風雲。
壯歲鎮定，一理蒼蒼鬢。

笑容清俊，曠志萬里行。
百年生命，誓當攀絕頂。

一 夜響鳴蛩

一夜響鳴蛩，爽風清動。
早起五更中，心機靈動。

哦詩吐心胸，無有沉重。
淡泊且從容，清聽蟲誦。

歲月飛朦朧，斑鬢漸濃。
理想盈襟胸，激情湧洶。

發奮鼓勇沖，振翅長空。
萬里尋求夢，顯我英雄。

第三十八卷《細雨集》 散步心淡蕩

散步心淡蕩，
又見落葉斑蒼。
秋陽正輝煌，
遠天靄煙浮漾。

小鳥正清唱，
牽牛最是奔放。
草野散清芳，
心境悠然舒揚。

東風吹清曠，
和氣盈滿寰壤。
歲月持悠閒，
無機哦歌嘹亮。

斑鬢惜輕蒼，
一笑付之相忘。
煙雨泛滄浪，
風雨兼程而闖。

靜 坐舒情

靜坐舒情，
東風流走清新。
夜色初臨，
華燈點綴街景。

曠然心境，
叩道一生殷殷。
正義持襟，
實幹不作高鳴。

詩句空靈，
為因性格雅淨。
名利拋清，
萬卷郁得芳馨。

秋夜多情，
爽意溢出胸襟。
神思曠行，
一似水雲清映。

清 聽笛韻

清聽笛韻，
悠揚入我心襟。
秋風曠行，
爽意兼且和平。

散淡清靈，
鳥語正囀雅淨。
哦詩有興，
舒出心地芳馨。

大道圓明，
運行無跡可尋。
信仰堅定，
一生荷道奮進。

叩求無垠，
心得自是清明。
放眼層雲，
變幻流走清新。

清 懷長揚

清懷長揚，人生持奔放。
天陰何妨？我志自慨慷。

詩書清芳，學海揚帆航。
正氣昂藏，眉宇情激蕩。

坐享安詳，身心都清曠。
秋意舒暢，西風走蕭涼。

鳥語花芳，大千美無恙。
心興萬方，哦詩也揚長。

心 旌浮動

心旌浮動，
又憶往事如夢。
歲月匆匆，
斑鬢悵對秋風。

生涯情重，
孤旅履盡煙濃。
奮向前沖，
克盡關山險峰。

情懷誰懂？
唯有哦入詩中。
展眼長空，
亂雲急急飛動。

大道荷胸，
正氣眉宇凝重。
志在蒼穹，
恒欲放飛晨風。

晨 風爽朗

晨風爽朗，
一使余意欣暢。
散步興上，
清聽蟲鳴鳥唱。

風動林響，
鴿群天上回翔。
野花嬌靚，
喜鵲喳喳叫響。

心情舒揚，
又見紅霞東漲。
旭日初上，
瑰麗璀璨非常。

喜氣洋洋，
中心步滿平康。
藍天無恙，
盡我曠意暢想。

秋 陽燦爛無垠

秋陽燦爛無垠，
藍天流走白雲。

坐定聽取鳥鳴，
寫詩掏出肺心。

感慨曠古至今，
多少桑滄經行。

展眼興起意境，
難言此際心情。

人生應許奮進，
努力拚搏才行。

窗外竹笛清鳴，
一使余意雅淨。

和風吹來清新，
寰宇盈滿靜寧。

忽聞鞭炮遠鳴，
余意慨然奮興。

清 風吹來好

清風吹來好，夜雨瀟瀟。
三更有蟲叫，一片微妙。

靜坐詩意饒，欲顯懷抱。
秋夜娟且好，郁我風騷。

落紅應堪掃，落葉飛飄。
仲秋和氣繞，雨順風調。

人生奮長跑，萬里之遙。
心曲向誰拋？詩中寫照。

四 更無眠

四更無眠，寫詩訴身心。
昨晚笛音，記憶猶在襟。

此際夜靜，秋蛩時低吟。
偶有車行，馬達響轟鳴。

人生夢縈，幾人明復醒？
世事難云，名利損性靈。

曠持空靈，夜風走清新。
余意雅淨，一時起閒情。

五 更靜悄

五更靜悄，清聽村雞叫。
心情忒好，哦詩舒懷抱。

人生豐饒，淡走陽關道。
風雨經飽，一笑還清妙。

壯歲風騷，詩書郁蘭操。
嚮往飛逍，萬里路迢迢。

秋深風小，有蟲喁喁叫。
天籟娟好，余意入微妙。

東 方微起一抹紅

東方微起一抹紅，
心地興沖沖。
清聽村雞啼叫中，
月華爽無窮。

欣喜晨風清輕送，
秋意入心胸。
靜坐哦詩舒情濃，
未知誰感動？

人生曠意長隨風，
淡蕩奮前沖。
心襟志向入詩中，
不與世苟同。

壯歲心境持輕鬆，
隨緣履平庸。
笑意清聳展眼送，
朝霞漸重濃。

朝 陽初上　　　人 生揚長

朝陽初上，
欣聽野鳥鳴唱。
秋風清揚，
又見淡靄迷茫。

心興奔放，
哦詩呼出肺腸。
周日休閒，
散淡盈滿心間。

逸致娟放，
筆下如水之淌。
雅意揚長，
天人應許無恙。

精神健旺，
神采更加倍漲。
展眼青蒼，
渴望高飛遠航。

人生揚長，
詩意從心流淌。
一曲歡暢，
天人大道景仰。

笑意應放，
勸君清聽鳥唱。
秋意蕭涼，
西風吹來和爽。

壯歲正當，
心胸懷抱敞靚。
展眼青蒼，
白雲自由飄蕩。

坐享清閒，
名利未入心腸。
清貧何妨，
詩書怡我襟房。

第三十九卷《涤水集》

心 地安詳

心地安詳，斜陽正金黃。
定定當當，清聽鳥鳴唱。

和滿寰壤，清風自在航。
淡靄遠方，秋色無限爽。

清坐思想，茶煙縷縷揚。
闔家安康，談笑樂無恙。

應將憂忘，人生奮慨慷。
百年緣放，力行矢向上。

時 既五更

時既五更，
清聞村雞啼聲聲。
星月朗逞，
更有小風來慰問。

散淡心身，
哦詩應抱清與誠。
一曲馨溫，
天人和絃共君聞。

偶有車聲，
秋蟲沉寂不再聞。
路上華燈，
清照一使余心溫。

歲月飛奔，
不覺又是秋之深。
落葉成陣，
未知誰是掃葉人？

晨 鳥啼叫

晨鳥啼叫，秋霧微籠罩。
爽風清繞，早寒微覺峭。

黃花開妙，詩意因之高。
散坐遙逍，清看落葉飄。

人生晴好，壯歲多風騷。
敬遵大道，奮行不敢傲。

身心情竅，一時都開了。
欲展翅高，萬里長飛遙。

紅 日東上

紅日東上，
一如胭脂之模樣。
薄霧微漾，
晨風清吹送寒涼。

小鳥歌唱，
仰見明月猶在望。
漫天晴朗，
東籬菊花開正黃。

歡歌為上，
心與情懷向天曠。
晚秋無恙，
落葉情調散悠揚。

身心奔放，
淡蕩情思入詩講。
嚮往飛翔，
當駕白雲向松岡。

鳥 語娟揚

鳥語娟揚，黃花正開放。
清風來航，晨靄迷漫間。

爽意心房，哦詩嗟短長。
人生遐方，理想閃金光。

愜意無上，秋深落葉黃。
飄飄揚揚，情調堪謳唱。

紅日東方，薄寒真無恙。
散淡清閒，清聽鳥鳴放。

菜 場買魚歸

菜場買魚歸，心興放飛。
晨靄是微微，太陽光輝。

秋色不勝美，落葉飄飛。
好風自在吹，小鳥鳴翠。

身心曠且美，哦詩神會。
短章吐心扉，逸意味回。

黃菊開東籬，展盡氛圍。
秋深是唯美，雅意漫灑。

笑 意清揚

笑意清揚，如同花之放。
持正不狂，淡泊之模樣。

黃花清芳，秋意淡且長。
好風和暢，我心向天曠。

詩意昂揚，欲哦萬千章。
小鳥清唱，宛轉媚無限。

朝陽萬丈，遍灑其光芒。
心境朗爽，雅意溢襟房。

清 裁詩章

清裁詩章，哦出我慨慷。
坐定休閒，心性散清芳。

秋光淡蕩，小風來和暢。
燦爛朝陽，藍天鳥飛翔。

逸意清揚，人生如花放。
縱有雨狂，兼程我敢闖。

笑容綻放，娟潔持心膛。
質樸無限，大道叩而訪。

秋 風淨爽

秋風淨爽，
白雲自由飄蕩。
小鳥清唱，
黃菊散發清芳。

心境舒朗，
哦詩訴出情況。
嫻雅之間，
我有逸致揚長。

燦爛秋陽，
和藹盈滿寰壤。
落葉飄殤，
情調如詩飛揚。

襟懷坦蕩，
沉靜加上嚮往。
矢志貞剛，
渴望萬里之航。

清 風來航（之一）　志 在青冥

清風來航，
曠然適余意向。
淡靄遠方，
林野盡顯斑蒼。

鳥鳴清揚，
和氣漾滿寰壤。
逸致奔放，
詩興復來揚長。

散坐寬暢，
舒出懷抱襟藏。
展眼天蒼，
發見有鳥高翔。

涼爽塵間，
當展我之志向。
誓攀松岡，
共彼白雲徜徉。

志在青冥，渴望曠飛行。
天地有情，人生持淡定。

奮向前進，紅塵務辭屏。
大道叩尋，深入彼幽冥。

歲月飛鳴，霜華有新映。
放眼層雲，變幻無止境。

心懷清新，哦詩啟空靈。
爽風來行，秋意何溫馨。

哦 詩良長

哦詩良長，情思縷縷香。
秋深葉黃，隨風有飄蕩。

我意揚長，詩興復來漲。
壯歲正當，深沉理鬢霜。

展眼長望，天際靄煙放。
有鳥啼唱，有風吹清暢。

逸意清芳，淡雅有無間。
坐定舒腸，茶煙有清揚。

清 平寰壤

清平寰壤，大道走清暢。
流年之間，不覺鬢髮蒼。

笑意清朗，生辰如花放。
名利淡忘，我志在遐方。

秋氣淡蕩，和風來清爽。
夜黑燈亮，霓虹七彩放。

靜坐安詳，思想如水淌。
哦詩清揚，一舒情與腸。

清 思長揚

清思長揚，
人生履歷桑與滄。
秋夜無恙，
和平天氣華燈放。

靜坐安詳，
舒出心胸並志向。
一點情腸，
熾熱火紅又奔放。

愛在心鄉，
展望前景多歡暢。
奮發向上，
書海誓揚千重浪。

笑意展放，
縱有千關也敢闖。
立身坦蕩，
不折無畏學松長。

藍 天白雲

藍天白雲，
空氣流走其清新。
秋陽清映，
更有小鳥嬌嬌鳴。

我意飛行，
欲上青天入滄溟。
嚮往水雲，
山水清境縈心襟。

記憶分明，
少年夢想多清俊。
壯歲奮行，
勇闖關山艱險境。

靜坐思清，
歷史流殘桑滄並。
雅哦胸襟，
點滴感想化詩吟。

秋 雲淡蕩

秋雲淡蕩，
坐定享受風涼。
身心暢靚，
哦詩也復揚長。

小鳥嬌唱，
牽牛還展余芳。
林野斑蒼，
正顯節氣蕭涼。

心興長揚，
欲搏青天萬丈。
矢志奮闖，
高山焉可阻擋？

笑容展放，
鎮定履歷桑滄。
壯歲不狂，
學取秋菊傲霜。

坐 享悠閒

坐享悠閒，
一任時光清淌。
秋陽燦放，
散淡是余心腸。

嚮往奔放，
逸志向天長揚。
放聲高唱，
自由何其快暢。

清風來翔，
引余心襟蕩漾。
詩興復漲，
吐出胸懷志向。

清平寰壤，
大道清顯玄暢。
內叩心向，
感觸哦入詩章。

淡 泊安詳

淡泊安詳，總持平與康。
心境清朗，笛音舒清揚。

晚風瀟爽，靜坐放思想。
壯歲守常，不執鼓奔放。

奮向前闖，困難未可擋。
嚮往遐方，矢志攀高岡。

笑容展放，百感縈心間。
桑滄飽嘗，銘入額上霜。

休 憩心情

休憩心情，總持我淡定。
人生奮行，歷盡煙雨雲。

桑滄曾驚，而今心朗晴。
秋意爽淨，和風細雨行。

壯歲清靈，詩書怡胸襟。
落葉飄零，小鳥有清鳴。

應持雅靜，哦詩吐清新。
一笑分明，隨緣履陰晴。

自 在就好

自在就好，清賞花與草。
流雲飛跑，秋風吹蕭騷。

落葉飛飄，我且開懷笑。
淡定不傲，閑走人生道。

山水迢迢，桑滄早經飽。
拈花微笑，誰解其深妙？

斑鬢清飄，展眼心瀟逍。
飛鳥鳴叫，嬉戲兼耍鬧。

村 雞啼曉

村雞啼曉，
一夜秋雨降瀟瀟。
晨風清繞，
落葉漫地倩誰掃？

霜降今到，
暮秋冷寒應在料。
心興猶高，
惜無紅楓可探瞧。

黃菊正傲，
淡泊清芳寄心竅。
哦詩懷抱，
原來清平類漁樵。

靜坐思飄，
亙古大道奮尋討。
深入微妙，
點滴心得積豐饒。

清 風來航（之二）

清風來航，
何處音樂緩緩放？
秋雨綿降，
晨起清聽雨清響。

坐享清閒，
為因心中無妄想。
一點清腸，
縷縷散發清心芳。

哦詩揚長，
一日生活又開場。
字裡行間，
正直心身在吟唱。

淡泊平康，
人生隨緣履桑滄。
一笑坦蕩，
秋春原也幻化狂。

瀟 瀟爽爽

瀟瀟爽爽，體曆蒼與涼。
北風清暢，落葉舞清狂。

坐定安詳，壯歲鬢斑蒼。
思想揚長，雅哦入詩章。

小鳥鳴唱，菊花展清芳。
無事心間，白雲胸中蕩。

人生旅航，百感縈襟房。
多言有妨，實幹是為上。

藍 天白雲多晴好　　雅 思正清

藍天白雲多晴好，
可惜西風瀟瀟。
心境悠閒舒懷抱，
哦詩短長均妙。

黃菊東籬開雅俏，
爛漫我之心竅。
可喜陽光正灑照，
秋意清新豐饒。

長看落葉逝飛飄，
詩意從心回繞。
淡泊心興不高嘯，
清坐品茗雅騷。

壯歲華髮正稀少，
卻有情懷朗造。
依然嚮往長飛跑，
前驅關山迢迢。

雅思正清，叩道以殷殷。
歲月飛行，晚秋正清新。

暮煙漸凝，落葉飛不停。
宿鳥清鳴，薄寒顯其勁。

人生懷情，渴望風與雲。
桑滄不驚，我有好心情。

笑意清靈，隨緣履均平。
晚菊清映，芳姿入心襟。

淡 泊持心

淡泊持心，
請君清賞芳茗。
風來清新，
秋雲紛飛無垠。

落葉飄行，
詩意升上心境。
有鳥嬌鳴，
爽我胸襟空靈。

清坐安平，
雅思從心而運。
哦詩輕盈，
音樂爽耳入心。

人生曠進，
應持散淡清寧。
大道叩尋，
須向內心用勁。

東 風清暢

東風清暢，秋意正爽朗。
有靄微漾，卻喜陽光靚。

喜在心上，閒雅哦詩章。
品茗清芳，愜意盈心房。

放眼世上，名利徒攘攘。
白雲悠閒，清走正淡蕩。

吾持清向，靜聽啼鳥唱。
人生世間，清隨緣之放。

情 思綿放

情思綿放，心想謳並唱。
鞭炮囂響，紅塵肆狂猖。

吾持清向，清哦我詩章。
嫻雅無上，淡看葉飛殤。

燦爛陽光，藍天白雲翔。
清風和暢，喜氣盈心間。

淡走桑滄，一笑且清揚。
秋意收藏，東籬菊綻芳。

竹 笛悠揚

竹笛悠揚，心曲如花放。
散坐清閒，和風入心房。

秋意平康，燦爛走朝陽。
鳥啼揚長，愜意真無上。

合當歌唱，雅哦我詩章。
吐出心向，一展我情腸。

歲月奔放，斑鬢有何妨。
展眼青蒼，仍欲奮高翔。

清 展意向

清展意向，
人生何處不飛揚？
理想心間，
矢志迎難闖艱蒼。

笑容展放，
滌蕩生涯容歌唱。
履盡桑滄，
心有千疤復何妨。

鐵膽剛強，
不屈名利意揚長。
騰身飛上，
萬里長空盡遨翔。

壯歲正當，
圓明覺性映心房。
一聲清唱，
山河風光堪徜徉。

散 步遙逍

散步遙逍，
踏遍天涯芳草。
拋開無聊，
清哦詩歌頗妙。

人生不傲，
清平持在心竅。
大道叩找，
心得自是豐饒。

秋陽清照，
藍天白雲飄渺。
風吹清好，
心境灑然朗瀟。

有鳥啼叫，
嬌囀煞是奇巧。
一舒懷抱，
我欲仰天長嘯。

舒 達平康

舒達平康，
白雲繚繞心間。
散步悠閒，
清看粉蝶飛翔。

燦爛秋陽，
灑在心田之上。
和風吹曠，
清平盈滿寰壤。

笑意漾上，
歡歌應許無限。
壯歲正當，
何必推辭疏狂？

展眼青蒼，
風吹白雲飄蕩。
適興揚長，
哦詩展我慨慷。

哦 哦歌唱

哦哦歌唱，
拙正持在心膛。
纖巧無妨，
只要正氣昂揚。

嫻雅之間，
流年如水之淌。
周日休閒，
散淡看雲舒放。

淡泊桑滄，
一笑如此清朗。
花落花放，
隨緣任其銷漲。

人生世間，
何許歎息良長？
一聲嗨響，
膽氣沖天之壯。

歲 月飛翔

歲月飛翔，
人生百感俱上。
淡泊平康，
我有清性發揚。

斜陽清朗，
和平盈滿寰壤。
余持清閒，
從心哦出華章。

世事吵嚷，
名爭利攘無間。
應持清向，
長看雲飛煙蕩。

愜意來放，
壯歲荷志揚長。
佇立長望，
遠天靄霧迷茫。

晨 起微寒

晨起微寒，
卻有紅霞啟浪漫。
鳥鳴濺濺，
清風吹來爽塵寰。

笑意應展，
人生奮發當好漢。
不須打禪，
壯歲正應努力幹。

歲月翻瀾，
秋深落葉正好看。
淡靄遠泛，
一輪紅日輝煌綻。

我自安然，
雅哦新詩情舒展。
清坐思翻，
更悅喜鵲喳喳喊。

總 持清淡

總持清淡，
名利未許入心坎。
學海揚帆，
激蕩性靈凌空翻。

嚮往浩瀚，
願展雙翼出宇寰。
心跡清展，
雅哦詩章舒妙曼。

清坐思綻，
況值爽風鳥語濺。
一點情瀾，
起伏九轉頗好看。

斜暉燦爛，
和滿塵宇雲飄散。
不作高喊，
沉默實幹理當然。

晨 起清聽村雞唱　　心 意雅俏

晨起清聽村雞唱，
天色蒙蒙初亮。
更喜秋風走爽朗，
心懷意念都放。

坐定哦詩舒心腸，
好個秋之涼爽。
路上華燈猶在亮，
卻已車行熙攘。

紅塵恒是狂與蕩，
幾人存有清向？
淡走人生不張狂，
清心憩向松岡。

胸中白雲有流淌，
山水清音奔放。
一生不入名利網，
笑傲塵世桑滄。

心意雅俏，
淡蕩情懷不敢傲。
清聽鳥叫，
秋陽爛漫清懷抱。

秋風蕭騷，
吹得落葉逝飛飄。
好個遙逍，
朗哦新詩展風騷。

紅塵狂鬧，
未知幾人明真道？
清平就好，
閑聽漁樵談並笑。

有笛清渺，
悠揚曠余意豐標。
抬眼長瞧，
天際雲煙走縹緲。

雲 煙正舒朗

雲煙正舒朗，
一清余之志向。
靜坐聽鳥唱，
心潮由之激蕩。

嚮往曠飛翔，
憩入水雲之鄉。
人生奮前闖，
突破山水蒼茫。

世事如雲淌，
因緣馳翻狂蕩。
不覺老已訪，
霜華惜乎增長。

笑意應清揚，
清看落葉飛殤。
秋來持淡蕩，
心興共風揚長。

心 性既是昂揚

心性既是昂揚，
人生恒是向上。
水雲真無恙，
浩潔入莽蒼。

淡泊復又平康，
雅清還又敞靚。
持節紅塵間，
不入泥淖鄉。

笑意清展揚長，
眉宇清俊昂藏。
秋意正舒暢，
清聽鳥鳴放。

心懷長展慨慷，
慧目閃閃生光。
矢志去闖蕩，
英武天涯間。

雅 意向天放　　立 身應坦蕩

雅意向天放，
人生持安詳。
歲月是平康，
隨緣履桑滄。

濯足任滄浪，
一笑無輕狂。
生性頗淡蕩，
清氣入詩行。

鳥語啼清揚，
暮煙清新漲。
爽風正舒暢，
我志有昂揚。

展眼天昏茫，
人生掩艱蒼。
奮行天涯間，
曠志舒昂藏。

立身應坦蕩，
男兒騁志向。
奮翅去旅航，
天涯定可闖。

此際心平康，
情懷頗揚長。
哦詩吐清芳，
一展心與髒。

笑意也當放，
何事縈心膛？
隨緣履桑滄，
無機頗安詳。

壯歲鬢微霜，
逸意有清揚。
詩書怡襟房，
矢志叩道藏。

秋 風清掃

秋風清掃，落葉逝飛飄。
心懷雅俏，清哦南山稿。

歲月遙逍，壯歲不覺到。
斑鬢蕭騷，懷抱猶清傲。

不行險道，正直持心竅。
平和就好，賞花並種草。

讀書清嘯，聲震彼青霄。
散淡清標，胸中雲煙繞。

詩 書持笑傲

詩書持笑傲，
更把詩尋找。
淡蕩是懷抱，
清心展逍遙。

生涯桑滄飽，
一笑且清巧。
哦詩雅還俏，
清如蘭花草。

格調務須高，
不入名利道。
清思入雲霄，
揚長關山迢。

坐聽鳴啼鳥，
秋風走蕭騷。
大霧漫天罩，
心與共風飄。

清 坐安詳

清坐安詳，
清聽音樂婉轉放。
雅思長揚，
更哦新詩舒心腸。

人生平康，
輾轉秋春心奔放。
持節向上，
不屈名利郁慨慷。

傲立蒼黃，
一似松菊清新長。
秋風來放，
清爽宜人愜意向。

笑意展放，
前程萬里長去闖。
關山莽蒼，
突破雲霄振翅翔。

奮 力搏擊走宇寰　　清 思長嫋

奮力搏擊走宇寰，
心地自安安。
人生未許名利纏，
白雲胸中展。

淡定志向出霄漢，
不戀紅塵案。
何必拚著當好漢，
逸意天青藍。

水雲深處把家還，
恣志閒與淡。
詩書怡神養心禪，
大道叩而談。

坐定身心看煙嵐，
欲共沙鷗泛。
清潔明慧持身站，
品味非一般。

清思長嫋，
綰住風雨多少？
靜坐思飄，
如葉飛墮遙逍。

小鳥鳴叫，
一使余意清飄。
哦詩雅好，
舒出情思恨苗。

秋已深了，
立冬即將來到。
東籬菊俏，
開得燦爛風騷。

時雨正瀟，
窗外灑遍情調。
詩人欲嘯，
長展心襟懷抱。

275

和 風清繞

和風清繞，
雨正敲打芭蕉。
靜坐思囂，
回憶從前年少。

壯歲鬢蕭，
心卻還持雅騷。
哦詩懷抱，
只是知音難找。

世事飄渺，
一任緣字飛跑。
清聽鳥叫，
適我心意心竅。

清展眼瞧，
天際雲昏煙繞。
秋深情饒，
清賞黃葉飛飄。

人 生不老

人生不老，
合當清吟高嘯。
秋深清好，
和風細雨飄渺。

清持心竅，
閑度日月遙逍。
哦出懷抱，
清澈明潔慧饒。

大道尋找，
踏遍千山迢迢。
向內細瞧，
心性應許清高。

世事明瞭，
不惹名利風標。
展我雅騷，
作個詩人就妙。

神 思清暢

神思清暢，嬝起閑情況。
細雨綿放，秋風正揚長。

我興疏狂，哦詩發千章。
字裡行間，密密心事藏。

展眼長望，天際雲煙漾。
心興長揚，應賦慨而慷。

壯歲鬢蒼，一笑正舒朗。
向前向上，清展我志向。

人 生煙雨滄浪

人生煙雨滄浪，
固當發奮圖強。
一任荷負桑與滄，
淚水不輕淌。

男兒矢志剛強，
不屈名利孽障。
山水清景容徜徉，
我自信步往。

總持心性淡蕩，
詩書怡我情腸。
坐定暢思萬古殤，
只余漁樵唱。

陰雲正自滌蕩，
爽風曠來飛揚。
志在穹蒼高遠航，
轉瞬入溟滄。

清 聽鳥叫

清聽鳥叫，
情懷舒朗就好。
西風瀟瀟，
坐定哦詩清瀟。

淡定懷抱，
閒時蒔花種草。
品茗遙逍，
展眼雲煙清繞。

合時高嘯，
聲震九重雲霄。
清平不傲，
詩書怡我襟抱。

展眼遠瞧，
前景山水迢迢。
奮志長跑，
豈懼艱險豐饒。

我 意遙逍

我意遙逍，心念彼芭蕉。
陰雲繚繞，西風走蕭騷。

坐定清逍，品茗意娟好。
哦詩舒嘯，揚長人生道。

聽鳥鳴叫，心興猶其高。
展翅飛高，欲入九重霄。

清貧就好，未可稍驕傲。
奮行揚飆，突破山水遙。

逸 意展昂揚

逸意展昂揚，
清心發歌唱。
金風正和爽，
愜懷舒復朗。

人生塵世間，
名利何攘攘。
應持清志向，
明媚向山航。

水雲真無恙，
東籬菊正黃。
清貧養志剛，
男兒騁激壯。

天陰層雲蕩，
有鳥鳴清揚。
坐定哦詩章，
心志且飛曠。

笑 容清靚

笑容清靚，展我之慨慷。
有笛奏響，喜樂又平康。

秋意無恙，和風走爽朗。
落葉飛揚，詩意從心漲。

前路奮闖，豈懼山水壯。
揮鞭之向，突破彼莽蒼。

心襟坦蕩，不折矢奔放。
哦詩心腸，堪比菊花芳。

我 心持舒曠

我心持舒曠，
清新復淡蕩。
周日享休閒，
哦詩數十章。

清風遠來航，
愜意盈心腸。
思想暢飛翔，
應達萬里疆。

少年入夢鄉，
壯歲不覺放。
攬鏡何必傷，
奮志入莽蒼。

百年匆匆放，
流年幻化強。
隨緣履桑滄，
一笑應暢朗。

矢 志曠飛翔

矢志曠飛翔，
人生慨而慷。
持正不傲狂，
清如蘭蕙芳。

書海搏狂浪，
心得入詩章。
大道深叩訪，
談吐展雅香。

立身既淡蕩，
秋深復何妨。
壯歲鬢髮蒼，
笑意還清長。

清聽鳥鳴唱，
風來滌我腸。
欣賞木葉降，
詩意彌胸膛。

男 兒持激蕩　　心 地持芳菲

男兒持激蕩，
矢志向天航。
淡定哦詩章，
質樸且清揚。

不折持奔放，
又似流雲蕩。
清如水流淌，
芳若蘭蕙香。

天上陰雲翔，
野外風清暢。
飛鳥正鳴放，
和氣盈寰壤。

蕭殺有何妨，
落葉如花揚。
詩意彌漫間，
我志大舒昂。

心地持芳菲，
秋深不盡美。
有鳥啼清脆，
有風曠心扉。

坐定放思維，
天際雲煙微。
朝陽當頭射，
木葉逝紛飛。

歲月唯神會，
往事不可追。
壯歲清心肺，
淡賞菊氛圍。

心志展明媚，
揚長萬千里。
哦詩有興味，
和厚且清麗。

秋 意清新

秋意清新，爽風徑來行。
散坐靜寧，心思懷雅清。

落葉飄零，心恨向誰鳴？
壯歲斑鬢，少年無音影。

奮向前進，關山萬里雲。
展翅飛鳴，果敢加鎮定。

斜陽清映，白雲逍遙行。
我意空靈，哦詩奏清平。

清 懷遼遠共秋放

清懷遼遠共秋放，
雅然哦詩章。
一種淡泊且靜嫻，
人格於中彰。

奮行人生持慨慷，
心情入雲間。
跨鶴清憩水雲鄉，
清風來徜徉。

世事亙古成虛妄，
幾人明真相？
應持慧眼透穹蒼，
一笑還清狂。

清聽鳥語余心暢，
秋去亦無妨。
隨緣而遇是安詳，
心性展平康。

鳥 語嬌啼囀悠揚　　清 走人生埸

鳥語嬌啼囀悠揚，
清聽感舒暢。
冬來朔風吹寒涼，
我意也清曠。

晨起陰雲漫天漲，
落葉飄飛揚。
欣然雅哦余詩章，
清展肺腑腸。

身涯桑滄堪謳唱，
一笑持淡蕩。
壯歲風騷入詩章，
隨緣履遇方。

奮志欲展健翩上，
風雨兼程闖。
萬里恣意去遠航，
絕不回頭望。

清走人生埸，
我志何軒昂。
清貧何所妨，
心地明且芳。

哦詩展慨慷，
不執暢意向。
隨緣煙雨間，
一笑還清靚。

壯歲守平常，
詩書一身香。
展眼雲煙茫，
清風吹浩蕩。

聽鳥之啼唱，
賞菊東籬黃。
品茗清無恙，
嫻雅哦詩章。

世 事隨緣放　　晨 鳥清啼唱

世事隨緣放，
天意誰能詳？
輾轉桑滄間，
一笑且淡蕩。

不執人生場，
詩書養昂藏。
不必開口唱，
情志入詩章。

笑容也清靚，
生辰如花放。
壯歲鬢斑蒼，
逸意且揚長。

清寒天地間，
朔風吹蕭涼。
落葉縱飛翔，
詩興曠增長。

晨鳥清啼唱，
使我意悠揚。
痛快哦詩章，
傾吐大奔放。

陰雲任激蕩，
冬風爽且涼。
心地自青蒼，
胸中懷晴朗。

人生意飛揚，
前路矢奮闖。
關山破萬幢，
展翅曠飛翔。

突破彼溟滄，
直入青冥間。
笑意展揚長，
吾志是慨慷。

第四十二卷《清美集》 **人** 生持清暢

人生持清暢，
舒展我昂揚。
奮發往前闖，
飽覽關山蒼。

坐定且清閒，
品茗心性芳。
有鳥輕聲唱，
朝日正輝煌。

歲月如水淌，
流年何必傷。
應持心奔放，
嫻雅入詩章。

吾生持淡蕩，
清貧不辭讓。
奮志天涯間，
展翅向天航。

雲 煙正清朗

雲煙正清朗，
心志如花放。
散坐哦詩章，
清平漾寰壤。

冬陽燦爛放，
小鳥清鳴唱。
爽風走清暢，
我意持舒揚。

人生沐桑滄，
壯歲守平常。
淡蕩持心間，
詩書怡襟房。

奮力去開創，
前路萬里疆。
展翅曠飛翔，
平掠天青蒼。

心 事萬方

心事萬方，我欲謳與唱。
燦爛朝陽，清灑真無恙。

人生情長，婉轉入詩間。
清風和暢，品茗愜意向。

理想心間，我要奮志向。
矢志前闖，突破關山蒼。

笑容展放，青春在臉上。
前景曠朗，風光有無限。

清 意生成哦詩章

清意生成哦詩章，
嫻雅連連放。
閑聽野鳥奏嬌嗓，
北風正蕭涼。

紅日噴薄出東方，
心地持清朗。
人生正應奮力量，
前驅上疆場。

壯歲心事向誰講？
孤旅展揚長。
履盡塵世之桑滄，
一笑還清揚。

世事真如花開放，
緣銷還又漲。
清心學取雲徜徉，
無執在襟房。

閒 暇人生

閒暇人生，
履盡煙霧紛紛。
詩書晨昏，
秉持我心純正。

壯歲奮爭，
不入名利之陣。
曠懷清誠，
遠憩煙巒山村。

歲月馳奔，
何懼老我心身？
展眼雲層，
白雲悠悠清紛。

靜守心身，
叩道悟徹本真。
揮灑精神，
哦詩吐出情芬。

清 氣盈胸

清氣盈胸，
人生行旅匆匆。
一任險重，
定志如山如鐘。

年近成翁，
一笑淡定從容。
孤旅荷風，
展翅搏擊雨濃。

歲月如瘋，
桑滄變換幾重？
隨緣行動，
學取水流雲湧。

清坐哦諷，
吐出心地芳濃。
叩道奮勇，
履盡惡浪險峰。

奮 展余志向

奮展余志向，
向天曠飛翔。
困難未可擋，
風雨兼程上。

淡定且揚長，
展眼天地蒼。
名利未許妨，
我意原清揚。

叩道矢志剛，
清貧養襟房。
立身既坦蕩，
清氣入詩行。

笑容清展放，
壯歲和藹漾。
清聽鳥鳴唱，
閒雅心地間。

第四十三卷《悠然集》　清 意生成

清意生成，哦詩吐馨溫。
人生馳奔，豈懼艱與深？

初冬夜深，燈下舒心身。
壯歲時分，心境持繽紛。

滾滾紅塵，幻化因緣生。
淡定不爭，詩書怡精神。

輾轉晨昏，余得霜華生。
仍持沉穩，前驅萬里程。

煙 雨曾艱

煙雨曾艱，履盡風和浪。
而今安詳，淡定且平康。

清聽鳥唱，緩緩舒奔放。
哦詩揚長，一展心性芳。

歲月清揚，壯歲不覺間。
應持奔放，不折奮前闖。

少年夢鄉，回憶有淚淌。
前路遠長，展翅曠飛翔。

清 坐持安詳

清坐持安詳，
窗外雨清響。
冬夜寒與涼，
無妨我清揚。

哦詩如水放，
意氣大發揚。
燈下展思想，
心性是娟芳。

人生百味嘗，
說起卻難講。
歷盡桑與滄，
慧意眉眼間。

壯歲老漸訪，
不必驚心腸。
隨緣舒慨慷，
男兒意揚長。

心 情付誰瞧

心情付誰瞧？
唯哦入詩稿。
寂寞孤旅道，
風光獨自曉。

大道叩尋找，
艱深且豐饒。
展眼雲煙繞，
心光應許妙。

壯歲清且傲，
揚長風雨飽。
一笑無機巧，
質樸友漁樵。

奮志去奔跑，
萬里未為遙。
百年展豐標，
正氣沖雲表。

雅 思清且妙

雅思清且妙，
吟我南山稿。
坐定展目瞧，
冬雨正清敲。

心事難言表，
一種孤而傲。
壯歲風雨饒，
慧意醞豐標。

多言未必好，
沉默實為高。
積德恒嫌少，
學養一生造。

人生如奔跑，
緣字如何了。
無機持心竅，
惜緣造緣妙。

斜 陽金黃

斜陽金黃，
一使余心舒暢。
靜坐安詳，
任從時光流淌。

心境平康，
清聽鳥兒嬌唱。
矢志自強，
前驅萬里無恙。

回首心傷，
記憶應許拋光。
展望前方，
山高水長險艱。

奮發志向，
男兒當展激壯。
振翼飛翔，
突破迷霧困障。

神 采飛揚

神采飛揚，精神倍加漲。
清聽鳥唱，品茗也清芳。

哦詩揚長，人生奮向上。
冬來寒涼，無妨我清揚。

朝陽正放，藍天無雲翔。
矢志高亢，萬里去旅航。

曠意之間，思想有流淌。
吾生昂揚，誓攀絕壁上。

天和日朗

第四十四卷《紅波集》

天和日朗，精神有舒揚。
清聽鳥唱，哦詩展奔放。

應持安詳，流年任其往。
壯歲慨慷，男兒當激昂。

奮發前闖，關山破萬幢。
煙雨蒼涼，一笑且清靚。

歲月莽蒼，回思心蕭悵。
展眼前方，揮灑我昂藏。

晨 起鳥喧唱

雲 天澹蕩

晨起鳥喧唱，
燦爛朝日東上。
嫋起心興揚，
哦出新詩奔放。

人生展慨慷，
冬來心未蕭涼。
矢志奮發闖，
高山遠水無妨。

百倍是情長，
婉轉放聲高唱。
天地正氣昂，
我志何其昂藏。

青天無雲漾，
更有爽風清暢。
佇立長思想，
展翅欲飛天壤。

雲天澹蕩，春風吹清涼。
清坐思想，應哦萬千章。

心志安詳，守緣共運翔。
清貧何妨，我有志萬丈。

笑意應放，人生合慨慷。
輾轉桑滄，未許稍輕狂。

流年飛殤，轉眼鬢斑蒼。
淡理心簧，奏出清與芳。

淡 蕩人生

淡蕩人生，
半生力學感慨深。
哦詩清芬，
為因心志雅馨溫。

名利不爭，
慧眼覷破世昏沉。
誓脫紅塵，
飛身曠入水雲澄。

陰雲正生，
難阻東風曠意奔。
春至三分，
金黃迎春待開盛。

壯歲正呈，
浩志並未減幾分。
渴望奮身，
展翅萬里叩道真。

清 懷不惹世塵

清懷不惹世塵，
閑吟哦出天真。
一任天氣正陰沉，
我意只是高逞。

歲月盡展清芬，
春來萬物蘇生。
此際東風吹成陣，
迎春行將開盛。

讀書坐定心身，
名利盡都不論。
身心妙巧難言問，
叩道一生奮爭。

週末清興曠生，
心胸思潮如奔。
一年之計在於春，
大幹用勁十分。

此 生空清

此生空清，
回首只餘煙雲。
清坐淡定，
哦詩雅潔從心。

有笛清鳴，
爽我抱負胸襟。
夜色清映，
浩蕩春風溫馨。

萬言欲鳴，
應揀要言先行。
詩貴清新，
簡捷短章精警。

叩道圓明，
用道隨緣用境。
無機持心，
天人合一清勁。

晨 起哦揚長

晨起哦揚長，
心膽俱都開放。
清聽風吹狂，
我意更加平康。

春雨廉纖降，
應催草野綠長。
喜聞野禽唱，
風光堪是無限。

明日驚蟄訪，
三分春色已殘。
流年真匆忙，
老我素髮飄揚。

心胸持坦蕩，
矢志共風鼓放。
奮去前路闊，
豈懼山高水長？

心 情知多少

心情知多少？持有風騷。
歲月展豐標，我意高翹。

壯歲不言老，才情芊巧。
絕不發牢騷，奮力長跑。

關山自迢迢，風景清好。
萬里任其遙，鵬翅可到。

人生百年妙，坎坷經飽。
桑滄任其拋，淡泊心竅。

人 生漫漫

人生漫漫，
何必歎其艱難？
實幹巧幹，
汗水澆出豐產。

不愛打禪，
卻喜曠飛天漢。
追求浪漫，
哦詩清新雅淡。

歲月揚帆，
不覺霜華初斑。
春來展看，
又見碧草青綻。

不須遺憾，
人生共緣開展。
叩道求善，
心地時時妥安。

白 鴿曠飛翔

白鴿曠飛翔，
縱掠天蒼地廣。
散步心平康，
呼吸清風快暢。

春靄四野漲，
陰雲正自激蕩。
草野新綻芳，
碧色惹人徜徉。

我意是高漲，
哦出新詩奔放。
長舒心與腸，
雅潔堪可欣賞。

壯歲清正當，
矢志萬里闖蕩。
學海深且廣，
一生積學不讓。

雨 聲嘩啦響

雨聲嘩啦響，
暮色正迷茫。
清坐持安詳，
春來氣昂藏。

談吐嫻雅放，
哦詩舒襟房。
紅塵任萬丈，
清心展奔放。

不屈名利障，
胸懷白雲翔。
浩志天涯間，
敢於闖並上。

學海歎深廣，
叩道一瓢間。
矢志去發揚，
清繼前賢光。

人 生合馳騁

人生合馳騁，
我志是清純。
桑滄不必論，
展翅曠飛騰。

春意已三分，
碧野綠漸呈。
清懷既澄正，
哦詩展精神。

夜色尚未深，
細雨卻成陣。
清坐心怡溫，
空際嗅清芬。

前路待長征，
萬里腳下證。
高山須攀登，
風光展繽紛。

平 目展眼望　　　雅 思正寧靜

平目展眼望，
天際煙迷茫。
何處笛清響，
一使余意曠。

歲月走平康，
人生懷嚮往。
春心自鼓蕩，
欣見碧野芳。

野禽鳴又放，
白雲流淡蕩。
春風最清暢，
直入余心間。

哦詩舒奔放，
情似春草長。
展翅欲飛翔，
刺入天深廣。

雅思正寧靜，
清持我身心。
笑意清盈盈，
展眼天蒼青。

東風曠意行，
天氣和且晴。
清坐有心情，
哦出我溫馨。

壯歲多淡定，
名利未許凌。
總持我清貧，
書海揚帆行。

一生奮勇進，
歷盡山水雲。
回首應詫驚，
已過桑滄境。

清 平寰壤

清平寰壤，春意漸舒放。
有風清曠，有鳥囀揚長。

草野漸芳，迎春將開放。
和藹塵間，人民樂平康。

一笑朗爽，哦詩氣迸放。
清意長揚，願共風同暢。

歲月飛翔，吾取安與詳。
前路正長，矢志兼程闖。

暮 色蒼茫

暮色蒼茫，
心志展平康。
哦詩良長，
百感俱來上。

壯歲正當，
激情仍盛旺。
渴望飛翔，
萬里摩雲蒼。

笑意揚長，
心膽俱開敞。
萬事下放，
叩道是志向。

人生慨慷，
激越煙雲漾。
不慌不忙，
淡泊走桑滄。

春 氣和平

春氣和平，蟾光正清映。
散步經行，空氣覺寒清。

爽意盈心，霓虹七彩明。
歲月飛行，嗟我斑斑鬢。

率意而行，哦詩吐心境。
應許清新，應許有雅淨。

遠辭利名，心地是空清。
悟道圓明，靈機化詩吟。

人 生郁平康

人生郁平康，
奮走萬里疆。
浩歌及時唱，
百年展慨慷。

崢嶸歲月翔，
回首淚雙行。
桑滄既飽嘗，
天地一文章。

壯歲守平常，
只是共緣航。
秀潔持心腸，
嫻雅哦詩章。

春來心志昂，
渴望生與長。
蓬勃學朝陽，
散熱散光芒。

鳥 語吱喳清唱　　青 霞漲

鳥語吱喳清唱，
奏其交響。
清風吹拂蕩漾，
春意舒暢。

散坐哦詩揚長，
展盡心腸。
應許清新瀏亮，
少許激昂。

奮志萬里驅闖，
突破莽蒼。
展翅曠入溟滄，
扶搖直上。

壯歲志取清剛，
不入俗網。
展眼掠雲蒼蒼，
心興清長。

青霞漲，
一輪紅日出東方。
鳥鳴唱，
欣喜春風吹清曠。

心興揚，
哦詩盡我歌嘹亮。
人昂藏，
毅然闊步向前方。

歲月芳，
一似老酒撲鼻香。
縱奔放，
矢志山水之青蒼。

持安詳，
一年之計謀周詳。
奮揚長，
展翅徑入彼溟滄。

身 心騁奔放

身心騁奔放，
我意平且康。
晨起情懷靚，
哦詩騷雅芳。

春情正鼓蕩，
野鳥囀清揚。
東風吹來曠，
朝日煦人間。

清坐展慨慷，
恒欲大聲唱。
遏住雲之翔，
回蕩天地間。

志發正清剛，
男兒展激壯。
展眼春靄漾，
振翻入溟滄。

雲 天爛漫

雲天爛漫，
雲天正顯爛漫。
我心雅安，
散步踏春閑玩。

碧野芳綻，
碧野清顯芳綻。
喜笑開顏，
哦詩呼出浪漫。

裁剪應善，
裁剪切記應善。
詩意長展，
點綴均勻妙曼。

東風清淡，
東風妙舞清淡。
和藹宇寰，
人民康樂詳安。

心 情雅淡

心情雅淡，
一似幽谷之芳蘭。
哦詩浪漫，
只為呼出情浩瀚。

人生坷坎，
於我只當尋常看。
紅塵卷翻，
觸目俱是名利案。

曠展青眼，
藍天白雲多清淡。
東風妙曼，
裁剪芳草碧新綻。

清坐默然，
逸意水雲曠揚帆。
去向天然，
大好春光令人歎。

春 意清曠

春意清曠，
心志共風飛揚。
哦寫詩章，
應許奏出平康。

激越心腸，
飄逸靈動非常。
清聽鳥唱，
天籟無比馨芳。

人生慨慷，
前驅豈懼艱蒼？
山水莽蒼，
鼓勇奮力闖蕩。

笑容綻放，
一似花開模樣。
知難而上，
清顯我之揚長。

心 志平康

心志平康，
嫻雅是我情腸。
舒出揚長，
共風萬里無疆。

陰雲滌蕩，
卻喜東風興曠。
精神朗爽，
健步如飛奔放。

前驅慨慷，
矢志兼程闊蕩。
煙霞無恙，
逸意水雲之鄉。

詩書品嘗，
心得自是清芳。
哦入詩章，
靈動空清非常。

晨 起值黎明

晨起值黎明，
荒雞啼其清。
春風曠吹行，
我意展無垠。

哦詩舒心境，
雅潔且空靈。
奮行塵世境，
不執獲圓明。

推窗迎風進，
意下覺寒清。
爽懷澄且淨，
天色啟微明。

浩志不必吟，
實幹奮前行。
風雨瀟瀟清，
展翅奮力進。

清 聽鳥語囀綿蠻　　一 點情懷如江水

清聽鳥語囀綿蠻，
我心生髮浪漫。
又見朝陽灑燦爛，
欣喜東風開展。

一天晴朗春妙曼，
我意曠然浩瀚。
哦詩清新兼雅淡，
舒出心中情瀾。

人生奮志搏群瀾，
前驅萬里險灘。
回首只是不堪看，
多少煙雨艱難。

仍須鼓勇入煙嵐，
青山恒待登攀。
浩志出得彼塵寰，
駕鶴乘鸞揚帆。

一點情懷如江水，
奔騰浩蕩不回。
春來意氣充襟肺，
吐出方屬快慰。

遠看天際煙雲飛，
清聽鳥囀明媚。
心花怒放神采倍，
哦詩是為興會。

春寒猶有料峭味，
迎春怒放清美。
散步徜徉舒心扉，
清風爽淨腑肺。

淡泊清思欲放飛，
去尋田野芳菲。
人生春來興加倍，
欲駕長風萬里。

應 去田野尋芳菲

應去田野尋芳菲，
春正清展氛圍。
喜見迎春開璨璀，
老柳新芽吐未？

心懷歡樂開襟扉，
長吸清風入肺。
又聽鳥兒囀嬌媚，
展翅向天曠飛。

大千生境多麼美，
碧野新綠鋪翠。
哦歌奔放舒情味，
乘風共雲相會。

情 懷舒放

情懷舒放，
哦詩脫口成章。
春意激蕩，
斜暉正顯清朗。

清坐思想，
萬千俱入我腸。
吐出意向，
應許雅致清芳。

人生揚長，
何地不可奔放？
百年瞬間，
壯歲清展貞剛。

笑意展放，
鳥語宛轉田間。
淡靄浮漾，
萬千生機清長。

春 情舒暢

春情舒暢，心意感蒼茫。
展眼天上，雲煙正激蕩。

迎春怒放，東風展清揚。
喜氣人間，萬類競生長。

奮發慨慷，荷負氣昂藏。
志取貞剛，欲搏青蒼上。

人生平康，吾取安與詳。
春旌奔放，大地換新裝。

晨 起青霞漲

晨起青霞漲，
清淡滿中腸。
薄寒正微漾，
漫天是晴朗。

心興既清昂，
哦詩也奔放。
舒展我思想，
人生騁慨慷。

春意正滋長，
草野漸綻芳。
欣欣生意間，
萬物榮且昌。

嚮往天涯闊，
去覽山水蒼。
逸意共風暢，
情志水雲鄉。

春 來和氣掛長空

春來和氣掛長空，
陽光灑滿蒼穹。
浩蕩寫意是東風，
裁剪碧野芳茸。

笑意從心哦清空，
窗外清傳鳥誦。
一年之計悟在胸，
奮發大幹勁湧。

鼓舞情志展眼送，
天際淡靄濛濛。
我心為春所感動，
和悅長舒情鐘。

快意人生願乘風，
遊遍九洲群峰。
飽覽山色樂無窮，
哦詩定許靈動。

長 吸清風入肺襟

長吸清風入肺襟，
散步充滿雅興。
清聽鳥鳴囀清新，
碧空盡展藍青。

春意昂然野草青，
朝陽揮灑熱情。
世界大千生意競，
萬物盡都甦醒。

心欲哦歌萬千情，
舒出襟胸殷殷。
人生正欲奮前進，
征服關山險峻。

鼓志展眼鳥飛行，
我欲效取同鳴。
長空萬里曠意境，
山水清音待尋。

奮 志陽關道

春 天來了

奮志陽關道，
征服彼險要。
春情展大好，
我志萬里遙。

欲駕長風跑，
共雲同逍遙。
山水清懷抱，
哦詩舒襟瀟。

清聽鳥啼叫，
東風吹妙巧。
我欲高聲嘯，
聲震九洲渺。

人生若長跑，
奮鬥未可少。
壯歲展豐標，
盡速攀山高。

春天來了，
我的心情大好。
哦詩雅俏，
清新空靈倩巧。

朝陽朗照，
浩蕩東風曠跑。
野鳥啼叫，
飛入雲煙渺渺。

原綻芳草，
新綠悅人懷抱。
迎春舒笑，
叢叢金黃多嬌。

我欲高嘯，
長舒襟懷孤傲。
忍住不叫，
卻寫新詩曼妙。

哦 歌舒懷抱

哦歌舒懷抱，
清展我逍遙。
春來情興正高翹，
寫意人間美好。

清坐思千拋，
窗外陽光瀟。
藍天青空無雲繞，
東風清吹碧草。

逸意正嫋嫋，
倩懷付誰曉？
人生知音何處找，
孤旅風光險峭。

我欲展翅跑，
揚起沖天飆。
直入滄溟青冥道，
脫出紅塵表。

有鳥正清叫，
春光描不了。
浩志凌雲不必表，
詩中可尋找。

應 去田野看

應去田野看，
春光正妙曼。
二月春風裁剪善，
碧草芳清綻。

我意自雅安，
哦詩舒浪漫。
晴和陽光碧天藍，
鳥鳴囀濺濺。

歲月是揚帆，
不必回頭觀。
壯歲清懷應長展，
萬里曠翅翻。

生塵任艱難，
我自作好漢。
不屈困障與磨難，
矢志絕壁攀。

曠 意東風舞清新　夕 煙茫蒼

曠意東風舞清新，
我有好心情。
陽和春光四野盈，
藍天多麼青。

小鳥嬌鳴囀嗓音，
似訴綿綿情。
清坐品茗心雅淨，
哦詩吐均平。

空靈持有一顆心，
運動不肯停。
矢志萬里去飛行，
一覽山水清。

隨緣遇境任清貧，
學海揚帆進。
叩道心機獲圓明，
通達天人境。

夕煙茫蒼，
曠志東風恣意翔。
清聽鳥唱，
心地長起安與詳。

春來張揚，
迎春奔放綻金黃。
暖氣洋洋，
和藹寰壤郁平康。

歲月飛狂，
華髮初斑舒慨慷。
叩道揚長，
半生辛苦未費浪。

哦詩清芳，
吞吐元機騁強剛。
瓣瓣心香，
浪漫清新散澹蕩。

藍 天舒其青蒼　　情 懷持張揚

藍天舒其青蒼，
夕煙又顯茫茫。
散步心興清昂，
萬家燈火點亮。

東風吹來涼爽，
我意更加開敞。
哦詩熱情奔放，
飛向宇外星間。

人生合當歌唱，
春來意氣昂揚。
萬物都在生長，
欣欣向榮興旺。

七彩霓虹閃靚，
行人晚歸匆忙。
生活猶如樂章，
奏出和平安詳。

情懷持張揚，
共春舒奔放。
雅潔之心腸，
哦詩有余香。

歲月展慨慷，
壯歲清貞剛。
向前奮發闖，
我意是揚長。

好風清新曠，
舒展萬物芳。
大地春光揚，
野禽喜歌唱。

學海揚帆航，
歷盡艱與蒼。
叩道荷堅強，
靈動神思暢。

散 步興曠

散步興曠，
暢對南風清揚。
淥水蕩漾，
湖波閃射粼光。

春衫開敞，
呼出胸中奔放。
徐步安詳，
履盡人生桑滄。

春意昂藏，
草野茸茸競芳。
藍天雲翔，
野鳥鳴其清靚。

世界平康，
春光娟芳無限。
人間和漾，
樂土堪可稱賞。

散 坐安詳

散坐安詳，
品茗心興清芳。
激情滋長，
情思共春嫋揚。

東風清暢，
和藹盈滿人間。
午後陽光，
清灑燦爛輝煌。

哦詩傾腸，
恰似滔滔汪洋。
不盡思想，
醞釀半生醇香。

新詩奔放，
坦蕩情懷顯揚。
與君分享，
人生感慨深長。

東 風清好

東風清好，
勸君深吸為妙。
舒展懷抱，
我欲凌雲高嘯。

春意芊嬝，
田園碧綻芳草。
野禽鼓叫，
歡快飛過林表。

心情高渺，
哦詩雅潔清騷。
矢志飛跑，
前驅萬里險道。

人生不傲，
謙和操守清標。
叩道揚飆，
鵬程無比迢遙。

晨 起清聽鳥唱　　排 簫清誦

晨起清聽鳥唱，
月兒猶掛南廂。
一種情緒是舒朗，
春來懷抱奔放。

東方青霞正漲，
朝陽卻未升上。
東風寫意吹清曠，
薄寒嫩鎖微涼。

中心有歌要唱，
哦詩長放慨慷。
前路奮發長待闖，
關山飛越萬幢。

浩志如鐵成鋼，
豪情迸發萬丈。
壯歲清展貞與剛，
矢志叩道無疆。

排簫清誦，
空際瀉滿靈動。
我心感動，
哦詩真誠讚頌。

人生何功？
百年只是如夢。
隨緣而動，
灑脫清走塵中。

淡泊從容，
曠聽音樂輕鬆。
愜意無窮，
心襟開放迎風。

春光芳濃，
朝陽光輝灑送。
小鳥鳴風，
引我興會清空。

清 淡度人生

清淡度人生，
恒秉志向堅貞。
春來發心身，
呼出快意清芬。

陽和漫乾坤，
清新東風暢逞。
野鳥鳴聲聲，
巧囀爽人心神。

壯歲仍發奮，
學海矢志遠征。
叩道入艱深，
體會入詩哦申。

清坐心馨溫，
品茗雅潔競生。
展眼天青澄，
大好河山繽紛。

清 展人生

清展人生，
突破艱難馳奔。
萬丈紅塵，
只是因緣浮沉。

我志清正，
嚮往天涯奮身。
哦詩雅芬，
長捧心地十分。

春來馨溫，
情志鼓舞繽紛。
清坐安穩，
大計謀劃精准。

叩道堅貞，
豈懼困危重生？
淡泊心身，
願憩水雲深深。

堅 持正善之道

堅持正善之道，
不為邪風動搖。
謙和不驕傲，
叩道展逍遙。

立身淡蕩才好，
誓攀真理險要。
風光無限饒，
艱蒼已經飽。

壯歲開懷大笑，
紅塵徒是昏擾。
名利害人巧，
志在水雲飄。

前驅奮力長跑，
關山任其峻峭。
雄心未可撓，
高嘯展長飆。

窗 外夜雨瀟瀟

窗外夜雨瀟瀟，
應能滋長芳草。
路上華燈照，
霓虹七彩巧。

清聽雨點打拋，
我心清逍雅俏。
春意無限好，
情思展嫋嫋。

人生風雨艱饒，
兼程奮勇長跑。
突破關山撓，
桑滄淡眼瞧。

哦詩清新奇妙，
心跡類若春草。
合時榮且茂，
我意出塵表。

春 夜風雨瀟瀟

春夜風雨瀟瀟，
枕上清聽奇妙。
應能滋芳草，
新芽節節高。

心事付與誰曉？
三更傾訴不了。
一似風雨拋，
山顛海又嘯。

人生漫漫長跑，
壯歲風骨蕭騷。
哦詩舒懷抱，
清展我遙逍。

前路萬里艱饒，
風光定然大好。
定志化長飆，
高飛入雲霄。

學 海無限廣

學海無限廣，
力向縱深航。
一生奮力量，
誓將道尋訪。

春來情思漾，
我志荷揚長。
哦詩口噙香，
曠意舒萬丈。

窗外細雨降，
空氣清新芳。
早起神采昂，
清聽鳥啼唱。

奮力向前闖，
男兒是貞剛。
風雨任狂蕩，
兼程萬里疆。

雨 中鳥啼唱

雨中鳥啼唱，
推窗風來翔。
春煙正迷漾，
我意舒揚長。

人生合慨慷，
況值春來放。
萬物俱生長，
生機不盡暢。

晨起心花放，
又哦嫻雅章。
情思嫋娟揚，
去向未名鄉。

清志水雲間，
詩書郁襟芳。
壯歲履艱蒼，
桑滄視等閒。

散 思雅清

散思雅清，
哦詩靈動空淨。
春來多情，
中心蓄滿寧靜。

淡泊和平，
我欲共風嫋行。
飛向無垠，
飽覽風景清新。

孤旅奮進，
誰是我之知音？
突破險情，
突破艱蒼苦境。

桑滄飽經，
一笑我持淡定。
壯歲心情，
閒適如水如雲。

雅 潔清新是意境

雅潔清新是意境，
哦詩捧出肺心。
清展我空靈，
質樸且精警。

春來我心自多情，
婉轉類若鳥鳴。
人生苦無垠，
孤獨品高清。

東風浩蕩嫋詩情，
清坐閑品芳茗。
何處鞭炮鳴，
紅塵鬧不停。

逸意合趨向水雲，
彼處涵蓄清寧。
休憩我心靈，
怡養性與品。

銷 閒心境

銷閒心境，
暢對東風吾多情。
雅意空靈，
哦詩吐出彼清新。

品茗靜寧，
曠看雲煙淡泊行。
壯歲淡定，
情思舒入水雲清。

鳥語溫馨，
一使余心起高興。
春意和平，
我欲展翅入天青。

大千生競，
田野芳草碧無垠。
柳舞盡興，
新芽漸舒黃碧青。

閒 愁應拋

閒愁應拋，
天涯萋萋盡芳草。
清坐頗好，
暢放情志入詩稿。

開懷朗笑，
大千塵世有風騷。
命運鑄造，
隨緣履歷展豐標。

北風怒嚎，
春寒又展彼料峭。
我心雅俏，
清哦新詩舒倩巧。

心志誰曉？
孤旅人生行險道。
壯歲不傲，
一身正氣勁節高。

茶 煙縷縷輕揚

茶煙縷縷輕揚，
我心我意舒放。
品茗清且芳，
詩意展無限。

清聽晨鳥鳴唱，
東風又舒曠朗。
春意揚娟芳，
春分美無恙。

心中發出謳唱，
雅哦新詩流暢。
清展真昂揚，
人生慨而慷。

時光切莫費浪，
應共春同鼓蕩。
前路務奮闖，
關山正莽蒼。

心 興遐放

心興遐放，
窗外陰雲又激蕩。
東風舒暢，
草野鋪綻碧綠芳。

野花嬌靚，
一使余心欣若狂。
大好春光，
不盡美意當頌揚。

奮志前闖，
莫負韶華好時間。
壯歲清剛，
男兒合當展奔放。

我想哦唱，
舒出心中情興昂。
流年任往，
前路萬里是康莊。

胸 懷坦蕩

胸懷坦蕩，
哦詩清揚。
舒我情與腸，
矢志慨而慷。

暮煙漸漲，
心事下放。
華燈初點上，
清聽啼鳥唱。

東風曠朗，
心意欣暢。
志向持雄剛，
曠飛無止疆。

前路瞻望，
關山險艱。
鼓勇奮前闖，
叩道風雨間。

春 雨瀟瀟

春雨瀟瀟，
清寒薄繞。
五更起得早，
清哦我懷抱。

思達迢迢，
情起嫋嫋。
歲月催人老，
壯歲展風騷。

雨膏芳草，
花落誰掃。
仲春意態饒，
大千生意高。

向前奔跑，
關山任遙。
人生無限好，
風光屢經飽。

哦 詩展空靈

哦詩展空靈，
呼出雅潔情。
春來舒心境，
快意持在襟。

細雨濛濛行，
漫天是陰雲。
靜坐思紛紜，
春意盈肺心。

小風爽而淨，
愜我意無垠。
晨鳥清新鳴，
大使我開心。

人生奮前進，
關山任險峻。
展翅曠飛行，
決意入滄溟。

往 事只是如夢

往事只是如夢，
心事與誰相共？
細雨正濛濛，
有鳥鳴清風。

散坐意態從容，
哦詩舒出情濃。
壯歲淡如風，
名利棄空空。

品茗心興長湧，
展眼天陰雲動。
笑容清新送，
人生隨緣從。

前路任起雨風，
淡定秉持輕鬆。
腳下步穩重，
關山越千重。

晴 和在人間

心 思靈動

晴和在人間，
欣聽喜鵲叫響。
散步心興曠，
踏春意得平康。

又見碧波漾，
湖畔清繞春光。
柳枝隨風蕩，
妙舞令人歡賞。

最喜綠苔長，
鋪滿泥土之上。
野花嬌無雙，
多姿多彩綻放。

藍天青無恙，
和風吹入心間。
大地和平放，
堪稱近似天堂。

心思靈動，
展眼雲天青空。
逸意雅從，
憩入水雲之中。

春情萌動，
嚮往展翅長空。
萬里奮沖，
飽覽山水無窮。

志若彩虹，
瑰麗舞在蒼穹。
英武襟胸，
春來曠意從容。

清坐思湧，
哦詩清新妙濃。
淡蕩之中，
拙正雅清芳送。

閒 情舒放

閒情舒放，清坐享安詳。
和風曠暢，晴日暖洋洋。

春意欣放，碧野青無恙。
老柳簪黃，鳥鳴花又香。

壯歲澹蕩，仍懷志與向。
高歌慨慷，一曲真嘹亮。

展眼長望，青靄天際漾。
學取鳥翔，高天正無限。

杏 花開放

杏花開放，
李花行將開放。
春意昂揚，
更有小鳥鳴唱。

我志舒揚，
清吸空氣清芳。
和風緩翔，
藍天白雲徜徉。

逸興升上，
心想哦詩奔放。
曠志昂藏，
渴望長飛天壤。

柳煙淡蕩，
不盡風流媚漾。
率意清長，
散步興致茁壯。

蝶 舞蜂翔

蝶舞蜂翔，散步田野間。
玉蘭花放，淡淡散幽香。

藍天晴朗，春意舒昂揚。
有汗微漾，敞開春衣裳。

野花嬌靚，柳煙搖淡蕩。
碧水波漾，湖畔立釣郎。

我心清芳，欣聽鳥清唱。
哦詩爽暢，音節發瀏亮。

菜 花燦然開放

菜花燦然開放，
粉蝶翩翩來翔。
散步興清長，
沐浴春芬芳。

暖氣熏人無限，
和藹春光淡蕩。
喜氣盈心間，
哦詩舒奔放。

笑容清新坦蕩，
心胸清潔明靚。
機巧務拋光，
質樸持安詳。

人生奮發向上，
情志共春飛揚。
渴望長翅膀，
萬里摩天蒼。

清 懷舒展昂揚

清懷舒展昂揚，
人生路上慨慷。
春來心懷暢，
展眼天青曠。

笑容從心綻放，
心香哦入詩間。
從容度桑滄，
壯歲履安詳。

東風自是清揚，
鳥語正囀嬌嗓。
明媚持心房，
展翅欲長航。

歲月如旅煙浪，
回首恍若夢鄉。
前路正遠長，
奮沖鼓力量。

心事和平

心事和平，
窗外細雨正經行。
悠聞持心，
不惹俗世之枉情。

秉持空靈，
潔淨雅清是吾心。
哦詩寫境，
穀雨時節風雨清。

壯歲淡定，
飽經桑滄共緣行。
聽鳥清鳴，
一點心意誰能領。

品茗盡興，
內叩本心發清吟。
浩然心境，
渴望曠飛搏層雲。

昨夜暴雨狂降

昨夜暴雨狂降，
更有春雷歌唱。
今晨天晴朗，
野鳥嬌鳴放。

清坐頗是安詳，
詩意從心流淌。
和藹塵世間，
大道走清暢。

壯歲履歷桑滄，
而今淡守平常。
心意之所向，
是在水雲間。

暮春風光無限，
花紅柳綠堪賞。
落紅不必傷，
隨緣應揚長。

第四十九卷《浩歌集》

好 風自東來翔

好風自東來翔，
春禽鼓蕩田間。
歡意持心房，
慨然發謳唱。

市井恒有鬧嚷，
余心卻是定當。
歲月展飛翔，
壯歲志清剛。

不折奮發向上，
叩道盡我力量。
學海無限廣，
揚帆恣意航。

身心清展奔放，
眼目閃爍慧光。
質樸之詩章，
坦蕩情懷靚。

人 生適意安康

人生適意安康，
百年匆若瞬間。
回首不該悵，
隨緣曠飛翔。

野禽啼叫奔放，
清風滌我肺腸。
應哦我襟房，
吐出清新芳。

鼓勇奮發向上，
縱有風雨何妨。
意志應如鋼，
學取松生長。

此生屆半已殤，
壯歲情懷悠長。
抬眼向天望，
雲煙繚繞間。

人 生未可蒙昧

人生未可蒙昧，
奮鬥展我雄偉。
清聽鳥鳴翠，
我心已放飛。

嚮往自由氛圍，
渴望與雲相會。
天地展明媚，
叩道任艱危。

定志攀山閱美，
風光應許瑰麗。
奇險無所謂，
心境萬千匯。

男兒合展純粹，
學取蘭芬雅蕙。
哦詩有興味，
舒出情芳菲。

心 與曠起茫茫

心與曠起茫茫，
心與曠起茫茫。
散步情意悠揚，
來到湖水之旁。

水中游魚閒逛，
湖畔青蒲葦長。
請魚細加提防，
水邊眾多釣郎。

清風吹拂心膛，
野地小花嬌靚。
粉蝶翩翩飛翔，
天上雲往東淌。

我意自是清芳，
哦詩脫口吟唱。
人生世界之上，
應能享受安詳。

細 雨清芬

細雨清芬，
大千幻化是紅塵。
心志雅逞，
人間正道合高論。

鳥語溫存，
我心我意秉純正。
淡泊秋春，
揮灑碧血度安穩。

丹田氣沉，
欲發心聲振乾坤。
百年人生，
回思只余淚流迸。

悟徹時分，
拈花一笑不則聲。
奮志鵬程，
萬里風雨未足論。

一 夜膏雨豐盈　　牽 牛嬌芳

一夜膏雨豐盈，
晨起鳥語空靈。
世事共緣行，
雅潔持中心。

人生苦於多情，
惱恨卻也分明。
哦詩舒心境，
浩氣當先行。

壯歲志向堪憑，
奮鬥不息無盡。
一笑當淡定，
任起風雨凌。

回首俱是煙雲，
前瞻會當晴明。
詩書早晚吟，
百年非夢境。

牽牛嬌芳，
月季雅靚。
晨起心境舒揚，
清聽鳥語鳴唱。

清風來揚，
爽吾心腸。
詩意正在人間，
合當盡興謳唱。

笑意清揚，
人生平康。
壯歲不去多想，
只是共緣飛翔。

往事拋光，
何必回放。
前路萬水千嶂，
應許定志山壯。

斜 暉朗照

斜暉朗照，暑意正清翹。
林中蟬叫，小風適懷抱。

人生晴好，千山競度了。
風雨飄搖，磨煉鐵骨傲。

向前展瞧，風景應獨好。
奮力飛跑，任起艱深饒。

我自高嘯，聲震九霄紗。
壯歲不躁，踏實陽關道。

昨 夜蛙鼓響亮

昨夜蛙鼓響亮，
晨起鳥鳴蟬唱。
心志都開敞，
暢沐爽風揚。

和藹持在心間，
哦詩心膽舒張。
志在筆下放，
思想去飛翔。

輾轉不盡桑滄，
壯歲斑鬢蕭涼。
往事不堪想，
猶持少年狂。

心性應許清涼，
不受名利擾妨。
心雄如山壯，
一生慨而慷。

東 風清涼

東風清涼，
壓住暑氣猖狂。
烈日蟬唱，
清坐思放千章。

好個安詳，
好個鳥鳴嬌唱。
壯歲正當，
心性水雲來漾。

不求名昌，
不求利字來訪。
清貧之間，
百年生命芬芳。

一笑淡蕩，
無執持在心間。
隨緣履航，
何處不是故鄉？

頂 風冒雨穿行

頂風冒雨穿行，
涉過水灘泥濘。
步下穩且平，
意氣正凌雲。

身心百倍鎮定，
衣濕何妨經行。
曠發沖天情，
新詩朗哦吟。

雨過斜暉清映，
爽風吹來盡興。
一曲鳥清鳴，
我心自多情。

人生任由陰晴，
豈懼暴雨雷鳴。
奮力開拓進，
腳下展風雲。

雅 聞子規清鳴

第五十卷《綠華集》

雅聞子規清鳴，
蟬噪卻又驚心。
天陰爽風行，
哦詩覺心清。

人生感悟分明，
道起卻又難云。
一筆糊塗情，
生死誰關心？

壯歲浩志充盈，
我欲展翅凌雲。
奮發萬里行，
關山展清境。

一曲中心圓明，
隨緣履度寸陰。
百年余淚盈，
應拋彼傷心。

晨 起天氣涼爽

晨起天氣涼爽，
心情頗是快暢。
有鳥啼清揚，
無事縈心間。

那就哦詩歌唱，
舒出心胸志向。
百年揮慨慷，
男兒須剛強。

人生未許狷狂，
謙和引為榜樣。
學海無限廣，
智慧用心量。

欣聽布穀鳴唱，
我心盛滿馨芳。
生活堪謳唱，
樂土在此邦。

喜 鵲喳喳奏響

喜鵲喳喳奏響，
白鴿迴旋飛翔。
雨後草木昌，
空氣鮮而芳。

陰晴激蕩之間，
野外流風清揚。
散步心興康，
坦然享安詳。

歲月無比平康，
人生隨緣桑滄。
一笑且悠暢，
無機持心間。

穿過田園菲芳，
數裡不過瞬間。
感興正清長，
閒雅哦詩章。

噪 蟬清鳴響亮

噪蟬清鳴響亮，
鳥語卻又娟芳。
爽風自清揚，
我意舒揚長。

暑意並不狂猖，
歲月長展清閒。
品茗心興芳，
從容哦詩章。

人生長荷嚮往，
要去高天遠航。
矢志展貞剛，
不屈奮向上。

叩道已知深艱，
鼓勇仍然奮闖。
關山郁青蒼，
風光是無限。

人 生未可灰心

人生未可灰心，
必須奮然前進。
爽潔持心境，
雅然曠飛行。

山高水深穿行，
我志飄逸如雲。
百年奮意境，
誓搏九天青。

壯歲心已淡定，
百折仍持剛勁。
學取松濤鳴，
空潔且清新。

叩道心志殷殷，
不屈磨難困境。
百煉是美景，
身段展凌雲。

小 風來蕩

小風來蕩，
蟬噪鳥鳴雙交響。
清坐安康，
閑品清茗意舒暢。

人生安享，
一任時光如水淌。
避暑納涼，
雅哦新詩情奔放。

市井鬧嚷，
滾滾紅塵何所向？
應持清向，
隨緣履歷走桑滄。

笑容綻放，
我有心志向天曠。
雲外鳥翔，
願展輕翼入溟滄。

落 日正紅

落日正紅，
雀鳥清鳴正輕鬆。
暢意東風，
一洗暑熱詩興濃。

蟬鳴樹叢，
天際暮靄漾朦朧。
曠意高聳，
雅哦新詩樂無窮。

市井噪動，
紅塵如浪復如夢。
吾持清空，
寫意人生共緣從。

壯歲履風，
奮志煙雨矢前沖。
逸意雲中，
欲跨白鶴覽奇峰。

寫 意東風浩蕩

寫意東風浩蕩，
余之心意舒曠。
閑聽蟬鳴唱，
更有鳥悠揚。

哦詩既是慨慷，
壯歲情懷朗爽。
不折矢前闖，
關山處處蒼。

何處歌聲響亮？
一使余意清揚。
生活展芬芳，
品味彼甘香。

曾經雨暴風狂，
穿行黑夜迷茫。
而今心燈亮，
步履入康莊。

曠 意東風正玄暢

曠意東風正玄暢，
我心我意舒放。
閑聽青林野蟬唱，
鳥語圓潤清揚。

生活品評真堪賞，
壯歲不驚情腸。
風雨磨礪鬢成霜，
一笑淡然朗爽。

前驅萬里是疆場，
紅塵滾滾濁浪。
矢志奮發叩道藏，
心得娟潔清芳。

詩書怡腸消暑狂，
淡蕩心胸清涼。
任從命運緣飛翔，
堅如磐石之壯。

我 意從容

我意從容，
曠聽蟬唱鳥鳴風。
夕照正濃，
淡定哦詩雅意縱。

曾履傷痛，
心地悲泣眉凝重。
而今輕鬆，
壯歲水雲漾心胸。

歲月如風，
回首只余記憶濃。
百年成夢，
漁樵談唱一笑逢。

清坐朗誦，
何懼斑蒼年近翁。
意態如松，
不折矢志鬥雨風。

倚 窗閑望

倚窗閑望，青林靄煙漾。
蟬噪狂猖，清風長送爽。

納涼愜上，更品清茗芳。
快意心間，應哦好詩章。

暑意非常，烈日正囂張。
白雲飄翔，長空似畫廊。

我意高昂，壯歲情無限。
率性揚長，履度平與康。

藍 天白雲晴好

心 事倩誰通

藍天白雲晴好，
心境曠然寫照。
鳥鳴蟬又噪，
爽風正清瀟。

清坐意態頗高，
作詩雅巧奇妙。
壯歲哦懷抱，
志凝泰山高。

平生桑滄經飽，
而今淡然一笑。
風雨縱飄搖，
奮志矢長跑。

暑意正然炎燥，
世界持續高燒。
性天清涼好，
應趨水雲飄。

心事倩誰通？
思潮正洶湧。
落照燦無窮，
暑意猶濃重。

清坐對夕風，
有鳥鳴從容。
人生渾如夢，
壯歲斑鬢濃。

淡定不盲從，
情懷曠隨風。
應拋苦與痛，
趨向水雲中。

愜意哦而諷，
新詩脫口誦。
男兒應凝重，
正氣盈而充。

曠 志人生當揚長　　鳥 語囀輕鬆

曠志人生當揚長，
踏遍塵間莽蒼。
清坐思想亦悠揚，
閑聽鳥鳴蟬唱。

寫意東風真浩蕩，
吹來陣陣涼爽。
煥然心境是清揚，
從容雅哦詩章。

輾轉桑滄余淚淌，
壯歲履盡坎蒼。
悟徹生死立玄黃，
嚮往田園山鄉。

藍天雲動如畫廊，
暑意正然囂張。
百感來襲心不惘，
奮發昂然向上。

鳥語囀輕鬆，
蟬卻激烈誦。
暑意十分濃，
清坐憩襟胸。

長喜東來風，
爽我意無窮。
閑品綠茗濃，
愜懷欲乘風。

歲月飛朦朧，
轉眼斑鬢重。
歎息有何功，
人生原如夢。

塵世患難重，
隨緣履雨風。
應持正義濃，
傲立行中庸。

天 熱未可意躁

天熱未可意躁，
務保寧靜清好。
勸君聽鳥叫，
怡養情與竅。

人生何事為要？
身心和諧首條。
名利應棄拋，
水雲憩逍遙。

鳴蟬林間嘶囂，
流火烈日正烤。
清坐意態瀟，
品茗哦詩妙。

壯歲襟懷蕭騷，
嚮往松陰山道。
一生正氣饒，
山稿展清標。

雨 後花木榮昌

雨後花木榮昌，
月季紫薇嬌靚。
牽牛最奔放，
喇叭萬千張。

晨風吹拂心膛，
我自意興昂揚。
清哦舒襟房，
人生矢向上。

不折卻未輕狂，
果敢加上頑強。
書海矢遠航，
揚帆萬里疆。

何處鞭炮囂響，
紅塵鬧鬧嚷嚷。
務持清心向，
遠遁山水間。

雅 哦身心

雅哦身心，
詩中所舒是空靈。
潔淨爽明，
寫意胸襟存水雲。

浩氣充盈，
展眼雲天任紛紜。
堅貞鎮定，
一任桑滄幻無垠。

奮志凌雲，
願展雙翼萬里行。
渴慕滄溟，
鵬翅長舒入天青。

笑意清映，
悟徹生死獲圓明。
叩道奮進，
妙曼心得入詩吟。

散 坐清平

散坐清平，
卻喜立秋今已臨。
藍天雲行，
鳥鳴花芳愜余心。

生涯驚警，
苦難於我是常尋。
率意康寧，
隨緣履歷心不驚。

壯歲斑鬢，
胸懷熱血猶殷殷。
奮志前行，
豈懼山高水險情。

當養吾心，
務使浩志曠凌雲。
展翅飛鳴，
水雲深處憩性靈。

秋 蟲呢嚨

秋蟲呢嚨，
更有清風長吹送。
我意輕鬆，
雅哦新詩寄情濃。

年近成翁，
卻喜心境未倦庸。
奮志長虹，
欲跨青鸞訪群峰。

雨雨風風，
壯歲不惑持凝重。
浩氣凌空，
淡泊隨緣履炎冬。

心事誰同？
惜無知音孤旅中。
辛酸拋空，
百年生死矢前沖。

金 秋風曠

金秋風曠，
欣喜笛音奏悠揚。
有鳥鳴唱，
最愛牽牛妍開放。

人生無恙，
壯歲情長致遐方。
不懼坎蒼，
我有浩志向天揚。

半生風霜，
苦旅磨煉意志剛。
不嗟斑蒼，
鼓勇仍須向前闖。

清坐舒暢，
享受生活之安詳。
闔家平康，
年和歲穰悅心腸。

秋 夜清涼　　西 風輕寒

秋夜清涼，
滿耳灌得蟲吟唱。
心志平康，
雅哦新詩舒情腸。

壯歲斑蒼，
心境不必持蕭涼。
仍當奮闖，
前路山高水遠長。

笑意當放，
不屈磨難意猶康。
人生安享，
揚帆誓搏千重浪。

時光飛殤，
流年似水急如淌。
不必嗟悵，
奮發情志展強剛。

西風輕寒，
晨起鳥語正綿蠻。
朝霞璀璨，
牽牛嬌美妍開綻。

我心雅安，
哦詩熱情而朗然。
舒出心瀚，
大千世界任騰翻。

氣衝霄漢，
壯歲情懷頗耐看。
奮行闖關，
飽覽山水之豐贍。

豈懼困難，
桑滄於我一笑淡。
堅貞傲岸，
英雄心事詩中談。

秋 陽猶燥

秋陽猶燥，
藍天白雲飄渺。
散步興高，
有汗沁出體表。

余意風騷，
壯歲名利不擾。
清貧就好，
詩書平生笑傲。

歲月豐饒，
賜我斑鬢頗早。
意態猶高，
渴望萬里揚飆。

人生不老，
青春心態逍遙。
哦詩清標，
書出剛正情操。

奮 力矢沖

奮力矢沖，
豈懼水惡山窮。
誰是英雄？
誰是真的情種？

雨雨風風，
無妨氣態沉雄。
百年懷夢，
正氣誓當揚弘。

理想心中，
百折不撓奮勇。
學取蒼松，
學取竹勁梅紅。

歲月如瘋，
不覺斑鬢漸濃。
傲立挺胸，
叩道氣勢如虹。

夕 照蒼茫

夕照蒼茫，感興在心間。
秋風舒暢，我意轉悠揚。

人生慨慷，未許憂與傷。
宿鳥啼唱，適我心與腸。

歲月悠閒，壯歲不覺間。
持節昂揚，奮發矢向上。

世事桑滄，天意難測量。
隨緣而往，揚帆萬里航。

斜 照當空

斜照當空，
世界輝煌渾同。
白雲嫋風，
幻化風景無窮。

清坐哦諷，
人生原屬空空。
靈動盈胸，
呼出長思短痛。

金風清動，
心境又是不同。
壯歲沉重，
半生付與煙朦。

浩志凝重，
恒欲橫跨宇穹。
嚮往乘風，
書寫華章恢弘。

秋 光大好

秋光大好，
舒懷堪當展笑傲。
白雲飄渺，
野禽鼓吹綿蠻巧。

牽牛妍嬌，
月季五色浪漫饒。
意氣清高，
哦詩適興正風騷。

壯歲未老，
斑鬢無妨心態瀟。
矢志遙逍，
學海深廣奮舟跑。

人生晴好，
終有風雨何足道。
展翅揚飆，
雲天萬里風景妙。

仲 秋無恙

仲秋無恙，
清心哦詩頗揚長。
散步興放，
數裡沐風喜徜徉。

野花嬌放，
碧柳氄氄立湖旁。
垂釣人閑，
和藹世間民安康。

壯歲不慌，
一任霜華漸漸長。
修身無疆，
治學叩道入深艱。

正氣心間，
立身清貧原無妨。
著書數方，
清顯人生之昂揚。

逸 意揚長

逸意揚長，
清懷共風嫋奔放。
秋來澹蕩，
灑落情思哦慨慷。

不敢狂猖，
治學一生謙和放。
點滴感想，
哦入新詩也激昂。

壯歲斑蒼，
一笑清新且疏放。
人生平康，
履盡煙雨志強剛。

向前展望，
胸懷正氣雙翅放。
矢志青蒼，
萬里風雲歌無疆。

心 志清展昂揚　　天 氣和詳

心志清展昂揚，
矢志萬里疆場。
笑容是坦蕩，
眼目清新亮。

少年遁入夢鄉，
壯歲已漸斑蒼。
意志如鐵鋼，
荷德立貞剛。

叩道妙發清揚，
哦詩熱情慨慷。
燦爛是秋陽，
平和心地間。

逆境敢於迎上，
展翅曠入溟滄。
負重有何妨，
不盡是頑強。

天氣和詳，
秋風清蕩。
逸意盈心間，
盡興哦華章。

小鳥鳴放，
花開芬芳。
情懷無盡靚，
暢放我思想。

笑容展放，
豈懼鬢蒼。
大千正曠朗，
前路揮慨慷。

身心清揚，
矢志青蒼。
振翮入溟滄，
舒展我奔放。

浩 潔持心胸

浩潔持心胸，
一任雲來湧。
奮行桑滄且從容，
前驅矢志沖。

秋意漸重濃，
爽風清吹送。
散淡情懷正放鬆，
哦詩吟未窮。

人生如飛蓬，
命運誰真懂？
隨緣履歷傷與痛，
坎坷不言中。

心志持中庸，
叩道悟圓通。
靈光妙發慧目炯，
穿透煙霧濃。

有 志不在年高

有志不在年高，
壯歲清展遙逍。
紅塵恒鬧吵，
幾人明真道？

我要開懷大笑，
遁入煙雲飄渺。
水雲中心繞，
松風憩心竅。

得意不可狂傲，
持正謙和才好。
叩道揚長跑，
艱深難阻撓。

歲月如飆飛跑，
嗟我斑蒼漸老。
哦詩舒情操，
蘭芬蕙意饒。

笑 容清新朗造

笑容清新朗造，
思緒此際正高。
人生不畏險道，
揚長展我遙逍。

心境清新雅俏，
哦詩明媚妙巧。
秋夜爽我懷抱，
熱情如火燃燒。

前路風雨縱饒，
定志兼程奔跑。
叩道悟在心竅，
圓通隨緣風騷。

剛正不屈不撓，
不為名利俯腰。
心志脫出塵表，
清高卻不驕傲。

蒹 葭蒼蒼

蒹葭蒼蒼，生在湖水旁。
青萍飄漾，睡蓮開水上。

粉蝶飛翔，垂柳毿毿蕩。
秋風清爽，釣郎愜而閑。

野花嬌靚，堪羨堪欣賞。
鳥掠青蒼，嬌鳴囀悠揚。

散步心曠，詩興復來上。
哦出馨芳，哦出情舒暢。

愜意休閒

愜意休閒，
淡賞雲煙之飛曠。
雅聽鳥唱，
秋意平和心安詳。

市井鬧嚷，
紅塵恒是展奔放。
利鎖名韁，
幾人識得其機簧？

吾意平康，
哦詩舒出心之芳。
情懷昂揚，
矢志雄飛入溟滄。

學海深廣，
已定志向揚帆航。
叩道任艱，
開鑿智慧之寶藏。

雲 天清顯淡蕩

雲天清顯淡蕩，
商風吹來清揚。
雀鳥歡鳴唱，
大千舒曠朗。

歲月盡顯清芳，
快意盈在心房。
壯歲展貞剛，
悠悠放歌唱。

天空正顯晴朗，
朝霞鋪在東方。
正氣乾坤間，
萬類競奔放。

哦詩熱情昂揚，
雅意縱橫清芳。
舒出我揚長，
豪情沖天壯。

清 貞是我志向

清貞是我志向，
逸意更加揚長。
哦詩興深廣，
孤旅奮莽蒼。

人生興會無恙，
風雨只是尋常。
商風清吹揚，
落葉如花殤。

歲月不盡清芳，
感慨從心湧上。
回首煙雨艱，
瞻望風光靚。

體道矢入無疆，
向學立志堅壯。
壯歲不言悵，
展翅遨天翔。

人生奮志慨慷

人生奮志慨慷，
不屈不撓生長。
秋意正清蒼，
哦詩興舒朗。

清坐暢放思想，
飛達宇宙穹蒼。
浩志何必講，
實幹方為上。

平生不敢疏狂，
謙和立身坦蕩。
清貧無大妨，
叩道展奔放。

矢志傲立強剛，
不作卑媚模樣。
君子荷德芳，
豈為名利障。

閒情舒曠

閒情舒曠，
雅哦詩章。
曾履度桑滄，
而今興清揚。

青天無恙，
野禽鼓唱。
爽風正揚長，
清坐放思想。

秋深天涼，
蒹葭蒼蒼。
葉落有飛揚，
詩意中心漲。

妙發清腸，
情思暢放。
縱吟萬千章，
我意仍娟狂。

西 風清長

西風清長，
爽意心間。
喜看東籬菊綻黃，
閑聽野鳥歡奏唱。

落葉飄揚，
詩興增長。
哦歌舒發情奔放，
寫意人間展昂藏。

不折矢闖，
山高水艱。
書生曠志天涯間，
展翅雄飛入溟滄。

率性揚長，
清坐平康。
一種情緒清雅靚，
七分妙感裁詩香。

閒 愁應拋

閒愁應拋，
詩人清哦展風騷。
志向清高，
水雲中心飄復渺。

平生不傲，
謙和立身質樸饒。
向學揚飆，
積澱半生是德操。

紅塵擾擾，
商風吹拂落葉飄。
應持遙逍，
清坐舒理心與竅。

奮志長跑，
豈懼萬里關山遙。
叩道朗造，
一點心得付詩稿。

秋 氣蒼涼

秋氣蒼涼，
心性澹蕩。
哦詩舒揚長，
清展我慨慷。

萬事捐放，
愜意雲間。
晨昏讀書忙，
閑聽啼鳥唱。

歲月飛狂，
轉眼斑蒼。
寫意嗟心腸，
筆下瀉張揚。

人生安康，
風雨尋常。
任起煙與障，
奮飛展翅航。

閒 情舒放

閒情舒放，
人生早已忘桑滄。
奮志而闖，
豈懼山高水蒼涼。

清風吹暢，
秋葉飄飛詩情漾。
動人情腸，
長哦呼出我慨慷。

鳥啼脆響，
瑟瑟人間菊綻黃。
吾持清向，
清坐品茗曠思想。

心志平康，
縱經百折仍苗壯。
願跨鶴翔，
去向松岡尋樵長。

詩 意人生展昂揚

詩意人生展昂揚，
心如春花放。
雖經百折也奔放，
矢志入青蒼。

笑容清新且坦蕩，
清賞菊花黃。
商風吹襲落葉殘，
雅哦也悠揚。

天地正氣恒茁壯，
大道清且剛。
向學志向豈尋常，
勤奮晨昏間。

閑聽啼鳥鳴清揚，
逸興真無上。
清坐思想放千章，
亙古入暢想。

秋 深誰把落葉掃

秋深誰把落葉掃，
心興宜高蹈。
散步輕遙開懷笑，
白雲淡淡飄。

意態萬千付誰瞧，
唯有入詩稿。
壯歲心襟依舊瀟，
渴望曠飛高。

從容人生風雨饒，
曾經傷懷抱。
而今奮發長揚飆，
心志入雲霄。

沉穩持重矢長跑，
風光經歷飽。
一笑朗然出塵表，
黃菊堪賞早。

歲 月清展悠揚　　晨 光清顯浪漫

歲月清展悠揚，
我志百煉成鋼。
秋風吹清暢，
雅潔品茗芳。

此際青天正朗，
鳥語沁入心腸。
盡興哦詩章，
情志都舒放。

不折矢志奮闖，
已度關山萬幢。
笑意清新靚，
君子荷坦蕩。

壯歲閱盡桑滄，
依舊意氣揚長。
清坐放思想，
亙古入心間。

晨光清顯浪漫，
朔風冷意蕭然。
喜愛落葉飛翻，
更有鳥語綿蠻。

心情自是雅安，
哦詩懷抱舒展。
東籬黃菊正綻，
秋深志曠霄漢。

力行矢作好漢，
誓克千關萬難。
書生意氣開展，
叩道治學雙擔。

前路任起坷坎，
等閒萬水千山。
展翅飛入天藍，
直入滄溟浩瀚。

我 的心中閑曠

我的心中閑曠，
哦詩熱情慨慷。
暮煙正輕漲，
散步心興揚。

歲月不盡莽蒼，
轉眼又是秋涼。
菊花東籬芳，
商風吹葉蕩。

路上車熙人攘，
紅塵恒是狂放。
應持清心向，
逸意遁松岡。

笑意清新浮上，
得道已將憂忘。
清懷騁奔放，
雅潔盈襟腸。

秋 深風瀟瀟

秋深風瀟瀟，
落葉詩意飄。
散步意輕逍，
浪漫中心繞。

壯歲意豐饒，
剛勁矢揚飆。
前路縱雨罳，
志堅奮險道。

風光應大好，
桑滄尋常瞧。
此際夕陽照，
蒼煙四圍繞。

有鳥清啼叫，
使我意興高。
哦詩展風騷，
淡雅是心竅。

東籬菊開俏，
欣賞興倍饒。
沉潛人生道，

奮力行奔跑。

山高水又遙，
流泉松風嘯。
展翅入青霄，
曠遠致逍遙。

清 聽鳥啼唱

清聽鳥啼唱，
意氣轉清昂。
北風呼嘯響，
木葉恣飛揚。

高天雲滌蕩，
朝陽燦其光。
清坐放思想，
一曲應清揚。

人生不張狂，
履度歲月康。
壯歲懷意向，
關山恒欲闖。

展翅入雲鄉，
自由且奔放。
世界走桑滄，
笑看彼炎涼。

思 緒正廣長

思緒正廣長，
放飛無極限。
人生荷志剛，
萬里矢闖蕩。

秋深天氣涼，
商風吹蕭曠。
卻喜菊花黃，
東籬開奔放。

散淡持心間，
清坐品茗芳。
休憩我心腸，
堅持是理想。

風雨任狂猖，
前驅穿莽蒼。
渴望長翅膀，
履度山萬幢。

清 思正揚長

清思正揚長，
散淡持中腸。
流年任其狂，
吾只守庸常。

窗外歌聲靚，
振奮余襟房。
秋深多思想，
壯歲惜斑蒼。

風吹呼嘯響，
鳥卻啼悠揚。
陽光燦然放，
雲飛舒而曠。

人生百年間，
幾多磨與傷。
浩歌一曲唱，
慨慷有悲涼。

人 生悠悠歌唱

人生悠悠歌唱，
歲月清展芬芳。
逸意有揚長，
詩興舒狂猖。

笑容清新浮上，
遐思萬里奔放。
風吹正蕭爽，
流雲幻澹蕩。

木葉飄旋而降，
黃花東籬正芳。
小鳥啼清揚，
雅潔在人間。

壯歲志荷清長，
水雲胸襟憩享。
名利非所向，
愜懷向松岡。

不 折步履昂揚

不折步履昂揚，
前路無限寬廣。
率意頗揚長，
已過萬重岡。

此際秋深正涼，
清坐展我思想。
半生入煙悵，
回思也斷腸。

奮發前驅莽蒼，
人生不懼桑滄。
紅塵幻萬丈，
定志如山剛。

笑容清新綻放，
雅潔才思舒揚。
窗外風嘯響，
恰似歌在唱。

高 歌一曲是剛正

高歌一曲是剛正，
傾盡煙雨浮生。
秋深朔風吹陣陣，
木葉飛降繽紛。

清坐思想正深沉，
輾轉已度半生。
壯歲心境應持穩，
名利早已不爭。

叩道一任險與深，
矢志脫離紅塵。
前路萬里展翅騰，
履盡風雨狂盛。

天氣陰沉卻未冷，
時有鳥語傳聞。
雅潔情懷哦詩純，
奉出心血精神。

藍 天青碧無恙

藍天青碧無恙，
南風興起正狂。
木葉旋飛降，
老柳舞河旁。

散步心興清昂，
呼吸爽風快暢。
人生矢奔放，
詩意漾襟房。

秋深萬物凋喪，
黃花東籬正芳。
合當展慨慷，
謳歌興無上。

歲月清顯莽蒼，
婉轉是我情腸。
男兒懷志向，
儒雅作詩章。

晨 鳥清新啼唱

晨鳥清新啼唱，
紅旭升起東方。
愜懷真昂揚，
閒雅哦詩章。

時光如水之殤，
秋深葉落蒼涼。
立冬即將訪，
壯歲惜斑蒼。

我有浩志如鋼，
矢闖天涯之疆。
任憑風雨狂，
步履邁堅強。

笑意從心而漾，
生活甘苦清嘗。
百歲一瞬間，
努力展翅航。

我 欲乘雲而上

我欲乘雲而上，
覽遍寰宇圓方。
心志正清昂，
願共風同蕩。

壯歲情懷莽蒼，
桑滄尋常無恙。
哦歌舒激昂，
一曲沖天曠。

秋深落葉飄殤，
詩意盈滿人間。
爽風來清揚，
呼吸真快暢。

奮發矢志強剛，
萬里未有止疆。
叩道入深艱，
靈秀持心腸。

落 日晚霞微紅

落日晚霞微紅，
掃蕩正有商風。
木葉紛飄空，
清雅持心中。

哦詩拋開苦痛，
壯歲沉穩持重。
前路待衝鋒，
奮發我剛勇。

歲月郁積情濃，
曠意舒入雲中。
學鳥輕飛動，
自在且從容。

男兒熱血奮湧，
志向七彩如虹。
努力去行動，
實幹顯豪雄。

晨 起心境朗爽

晨起心境朗爽，
哦詩熱情奔放。
閑聽啼鳥吟唱，
天陰無妨清揚。

我有逸意向上，
覽遍九洲穹蒼。
絕不回頭張望，
高天多麼舒曠。

歲月如花飛降，
心跡留取盈倉。
擷取落葉幾張，
斑斕原有清芳。

壯歲展翅飛翔，
青春任其消亡。
百年生命悠揚，
清度桑滄人間。

我 有逸意長揚

我有逸意長揚，
欲沖九霄之上。
天氣微寒涼，
長喜鳥啼唱。

心志舒曠無恙，
悠悠發我吟唱。
哦詩展思想，
一曲是情長。

人生百感心間，
壯歲惜乎斑蒼。
奮志萬里航，
年華勿費浪。

笑容從心綻放，
得道淡泊慨慷。
率意步揚長，
關山越千幢。

昂 揚是我的襟房

昂揚是我的襟房，
笑容展清新坦蕩。
奮發向前路攀闖，
揚長於人生疆場。

暮煙起心地未悵，
從容哦閒雅詩章。
壯歲懷貞剛意向，
叩道用玄思冥想。

實踐出真知無恙，
汗水保豐收盈倉。
雖冬臨壯歲斑蒼，
無妨我率意清揚。

前路任山水艱蒼，
早已定鐵志如鋼。
展翅膀曠飛天壤，
暢遊於九霄之上。

膏 雨清降

膏雨清降，
窗外一片嘩啦響。
夜幕升上，
萬家燈火樂無恙。

清坐安詳，
率意閒雅哦詩章。
一行一行，
奏出心地之平康。

初冬正當，
漫地黃葉應堪傷。
東籬菊芳，
傲寒清俊合謳唱。

逸意揚長，
曠展思想天涯間。
奮發慨慷，
前路艱蒼長待闖。

奮 發志向強剛

奮發志向強剛，
當展男兒激壯。
壯歲曠意翔，
山水越青蒼。

此際夜雨清降，
心地平靜安詳。
從容哦詩章，
逸意原清揚。

平生飽度桑滄，
笑容依然不減。
思想加理想，
導引我前航。

心志早已磨剛，
柔情仍舊婉揚。
鼓舞我奔放，
萬里矢去闖。

心 情總持溫讓

心情總持溫讓，
笑容清新坦蕩。
拋去機巧奸，
質樸且安詳。

隨緣履歷桑滄，
壯歲依舊清剛。
不折展奔放，
壯志天涯間。

那就張開翅膀，
恣意高天遨翔。
九霄雲天上，
風光正無限。

奮發人生強剛，
艱蒼無妨清揚。
率意作詩章，
平和心地間。

國家圖書館出版品預行編目資料

華滋集／汪洪生 著 --初版--
臺北市：博客思出版事業網：2014.9
ISBN：978-986-5789-33-6(平裝)

851.486　　　　　　　　　　　103015887

當代詩大系 6

華滋集

作　　者：汪洪生
美　　編：謝杰融
封面設計：謝杰融
執行編輯：張加君
出 版 者：博客思出版事業網
發　　行：博客思出版事業網
地　　址：台北市中正區重慶南路1段121號8樓14
電　　話：(02)2331-1675或(02)2331-1691
傳　　真：(02)2382-6225
E—MAIL：books5w@gmail.com
網路書店：http://bookstv.com.tw/
　　　　　http://store.pchome.com.tw/yesbooks/
　　　　　博客來網路書店、博客思網路書店、華文網路書店、三民書局
總 經 銷：成信文化事業股份有限公司
劃撥戶名：蘭臺出版社 帳號：18995335
香港代理：香港聯合零售有限公司
地　　址：香港新界大蒲汀麗路36號中華商務印刷大樓
　　　　　C&C Building, 36,Ting, Lai, Road, Tai,Po, New,Territories
電　　話：(852)2150-2100　傳真：(852)2356-0735
總 經 銷：廈門外圖集團有限公司
地　　址：廈門市湖裡區悦華路8號4樓
電　　話：86-592-2230177
傳　　真：86-592-5365089
出版日期：2014年9月 初版
定　　價：新臺幣 350 元整（平裝）
ISBN：978-986-5789-33-6(平裝)